달의 아이

달의 아이

발 행 | 2022년 12월 30일
저 자 | 김수정
펴낸이 | 한건희
펴낸곳 | 주식회사 부크크
출판사등록 | 2014.07.15.(제2014-16호)
주 소 | 서울특별시 금천구 가산디지털1로 119 SK트윈타워 A동 305호
전 화 | 1670-8316
이메일 | info@bookk.co.kr

ISBN | 979-11-410-0936-6

www.bookk.co.kr

달의 아이

김수정 지음

CONTENT

──────────────────── 〃★

작가 : 별몽냥

e메일 : su8560@naver.com

블로그 : http://blog.naver.com/su8560

연재장소 : NO 안 함

총편수 : 34화 + 번외(1) 총 35화 完

──────────────────── 〃☆

달의 아이

01. 신비한

오전 7시가 갓 넘은 시각, 학교.

"너네 그 소문 들었어?

우리반에 알비노인 여자애 있잖아. 걔 친구 생겼대."

"신월림 말이야? 걔가 어떻게?

걔 머리 색깔은 백금발에다

눈 색깔은 옅은갈색이고

얼굴색깔은 완전 하얀데다 분홍빛이잖아. 우리반 전등 완전히 다 켰을때

걔 봤는데 눈 색깔이 약간 붉으스름해 졌다니까!?

그거 보고 왠지 나 소름돋았잖아."

"맞아 맞아. 나도 봤어. 근데 친구 누구 생겼대?"

"누구였더라... 본 적 있는거 같은데. 맞다! 최민혁! 민

혁이였어. 다른 반 있잖아. 완전 잘생기고 인기많은
애."

"민혁이가 신월림이랑 친해졌다고?
말도 안돼. 신월림 우리학교 전교생이
다 아는 알비노왕따잖아."

"그니까. 정신이 있는건지 없는건지 모르겠어. 어쩌면
그런건지도 모르지. 자신한테 고백을
하는 여자애가 너무많으니까 신월림이랑
친해져서 떨쳐내려 하는걸지도."

"그런가? 하긴 신월림이랑 친해지면
고백하는 애 없어지겠다."

"그치? 내가 생각하기에도 그렇다니까."

"근데 신월림 알비노이긴 하지만
예쁜 것 같긴 하더라."

"야. 그건 예쁜게 아니라 인형이지. 인형 아니면 조각
상 같은거. 난 좀 섬뜩해. 눈썹도 속눈썹도 다 하얗잖
아."

- 드르륵
교실 뒷문이 열리고, 들어온 사람이
지금까지 자신들이 말하던 화제라는
걸 알자 얘기를 하던 여자애들이 입을 다물었다.
백금발의 눈썹을 가리는 일자앞머리와
어깨를 조금 넘는 단발머리. 옅은갈색의 눈동자. 하얀

고 분홍빛의 피부. 붉게보이는 입술. 눈을 감을때마다 알 수 있는

하얀 속눈썹.

명찰에 [신월림] 이라고 써있는

그녀가 자기자리에 가서 앉자

여자애들이 침묵을 지키더니 교실에서 나갔다.

그러자 교실이 월림만 있는

조용한 공간으로 바뀌었고,

월림은 한숨을 쉬더니 문제집을 꺼냈다.

학교 등교시간이 거의 다 되갈 무렵. 반은 아이들로 북적이기 시작했다. 하지만 아무도 월림 주위에 오지 않았다. 오히려 눈치를 보며 월림을 피하려 들었다. 등교시간이 끝나고, 수업이 시작되었다. 반에는 모든 아이들이 빠짐없이 앉아있었다.

"너희 또 자리바꿨니?"

월림 주위에 앉아있던 아이들이

자리를 바꾼 것이었다.

"월림이가 너무 특이해서 같이 못앉겠어요~"

월림의 짝꿍이었던 여자애가 말하자

교실은 웃음바다가 됐다.

"그래도 그러면 안되지!

다시 원래 자리로 원위치."

그러자 아이들이 툴툴거리며

월림 주위로 모여들었다. 월림 주위의 아이들이 원래 있던

아이들로 바뀌었다.

어느새 점심시간. 아이들은 각자 친한사람과 함께

밥을 먹으러 밖으로 나가버렸고

월림은 교실에 뎅그러니 남겨졌다.

어차피 이 교실에 나가 급식실에

가게 되더라도 혼자 먹을게 뻔했다. 월림도 자리에서 일어났다.

그리고 자신의 안식처... 옥상으로 올라갔다.

- 끼이익

학교 옥상 문을 열자 가을바람 날씨가

살랑살랑 불어왔다. 그러자 옥상 난간에 기대어 서있는

남자가 눈에 들어온다. 명찰에 적힌 이름은 [최민혁]이었다.

"오늘도 밥 안먹었냐?"

민혁이 월림에게 물었다. 그러자 월림이 오늘 학교에서

난생 처음으로, 말을 꺼냈다.

"그렇지 뭐. 너는?"

맑고 허스키한 신비로운 목소리. 그녀는 그런 목소리를 냈다.

"나야 뭐 너때문에. 자. 빵. 애들이랑 가서 사온거."

남들이 들으면 희소가치 있는 목소리라며

떠들어 댔겠지만 많이 들어본 민혁은

그저 월림에게 소시지빵을 쥐어줄 뿐이었다.

"고마워."

"고맙긴 뭐가 고마워. 너 불쌍해서 그러는것 뿐인데."

"너는 안먹어?"

"난 많이 먹었어. 너나 먹으세요."

민혁의 말에 월림이 웃더니 빵을 먹기 시작한다.

월림이 빵을 다 먹자, 민혁이 말을 하더니 뒤돌아선다.

"나 간다."

"잠깐!"

월림이 그의 앞에 다가가더니 비닐봉지를 내밀었다.

"헤헤헤. 버려주라."

"넌 안에만 깡다구있지?"

민혁이 피식 웃더니 빵 비닐봉지를 받아

유유히 사라진다.

민혁이 사라지자 월림이 옥상에 털썩

주저앉아 눈을 감고 가을바람을 느끼기 시작한다. 점

심시간이 끝나는 종이 울리자, 월림이 눈을 뜨더니 일

어나 엉덩이를 턴다. 그리고 옥상 문을 열고 교실로

향한다.

왁자지껄한 교실에 월림이 등장하자

마치 찬물을 들이부은듯 조용해졌다. 이런 공기에 익
숙해진 월림은
묵묵히 자기자리에 가 앉았다.
"야! 야! 신월림!"
화장을 하고 알록달록하게 머리를 물들이고
볶아대고 교복을 짧게 줄인 이른바
일진이라 불리는 여자애들이 월림에게 다가와 말했다.
학교생활을 그냥 그저그렇게 지내고 싶은 월림은
쓸데없는 참견에 끼어들고싶지 않아 모른척했다. 그저
책을 꺼내들고 읽을뿐이었다.
"야! 너 내 말 안들려?
내가 너 부르잖아~ 이야 얼마만에
니 이름 불러주는 친구일까~?"
일진 여자애들이 비꼬듯 말하며 빈정댔고
월림은 속으로 무서운 마음을 진정시키며
애써 모른척 덤덤하게 대했다.
"너 왜 나 무시해? 왜 말안해?
내가 좆만하게 보여? 하, 어이가 없네."
반 아이들이 모두 재미있는 것을 구경하듯
월림과 여자애들을 주목했다. 얼마전 학교폭력의 실태
가 여실히 드러난
뉴스와 신문기사를 보고 혹시나 일진
아이들이 월림 자신을 폭력하진 않을까

무서운 월림은 최대한 끼어들지 않고
선생님이 수업하러 와서 떨구어주길 바랄뿐이었다.
"씨발년!"
화가나서 얼굴이 새빨개진 일진 여자애가
손을 번쩍들더니 뭔가 깨달은듯 손을 다시 내렸다.
"맞다. 널 만지면 안되지. 잊을뻔했어. 미안~ 얘들아
가져와."
그러자 월림에게 말을 걸던 여자애와 비슷한
교복 차림새를 한 여자애 두 명이 양동이를 들고왔다.
양동이 안에는 걸레 빤 물이 들어있었다.
월림에게 말을 걸었던 일진 여자애의
명찰에 담겨있는 이름은 [도채화] 였다.
"얘들아, 부어."
채화의 말에 여자애들이 월림의 머리
위에 걸레 빤 물을 들이부었다. 악취와 함께 월림은
물에 빠진 생쥐 꼴이 되었다.
"하하하하하하하!"
반 아이들이 월림의 꼴을 보고
통쾌하게 웃어댔다. 단 한명도, 말리는 아이가 없었다.
월림이 책상을 쾅 치며 일어났다. 그러자 아이들이 웃
음을 멈추고
월림을 주목했다.
"니네... 죽고싶어?"

교실의 형광등에 비쳐 붉게 변한
월림의 분노어린 눈동자를 보자
아이들이 기겁을 하며 슬금슬금 뒤로 물러났다.
"그래봤자 니가 뭐 어쩔껀데?
흰 쥐 같은 주제에."
채화가 코웃음 치며 말했다. 그러자 월림이 비웃더니
채화의 뺨을 때렸다.
- 짜악
"나 만지면 안된다며?
그럼 어쩔 수 없네. 내가 때려줄게."
채화가 뺨을 손으로 감싸고
놀란 표정을 지었고, 어안이 벙벙 한듯 했다. 그 틈을
타 월림이 발로 채화의 복부를 차
넘어뜨렸고, 발로 채화를 밟기 시작했다. 정말 미친듯
이. 아이들은 놀람에 경악을 금치못하여
그저 멍하니 구경만 하고 있을 뿐이었다.
"야! 너네 왜 나 안도.. 윽! 으브브.."
월림이 채화의 입을 발로 밟아 찌그러뜨렸다.
"어차피 내가 알비노라서 오래 못살거든?
그러니까 여기서 너랑 내가 죽는것도
나쁘진 않겠지. 안그래?"
"살려줘! 앞으론 안 그럴게."
"정말?"

월림이 채화를 향해 순수하게 묻자, 채화가 속으로 비
웃더니 겉으론 목소리를 떨며 말했다.

"으,응.. 진짜..."

월림이 피식 웃고 말했다.

"그걸 내가 어떻게 믿어?"

그리고 월림이 채화의 팔을 부러뜨려버렸다. 채화의
엄청난 고함이 들리더니

곧 채화가 다른 팔로 부러진 팔을 움켜쥐며

울기 시작했고, 그녀처럼 교복을 짧게 줄인

친구들이 다가와 토닥여주었다. 그런 모습을 월림이
그립다는듯.. 쳐다봤다. 그러다가 교실을 빠져나갔다.
아직도 월림의 몸 전체가 축축했고, 악취가 풍겼다. 월
림이 다시 교실에 들어가 체육복을

챙긴 다음, 화장실로 향했다.

02. 바뀌지 않아

월림이 화장실에 들어가 체육복으로

갈아입었으나, 머리와 속옷이 축축한건

어쩔 수 없었다. 찜찜한 마음으로 손과 얼굴을 씻고
화장실에서 나와 교실로 향했다. 점심시간 다음에 이
뤄지는 수업이

다 끝나있었다.

쉬는시간. 그것은 월림이 싫어하는 시간이었다. 축축한
교복을 들고 어디서 말릴까

고민을 하며 월림이 자신의 책상을 바라봤다. 월림의 책상에는 네임펜으로 온갖

욕들이 적혀있었다. 책상 속에는 교과서 대신 연필깎는 칼심들이

들어있었다. 의자에는 마르지않은 빨간색 물감이 칠해져있었다. 월림의 자리 주변에 채화와 친구들이 부었던

걸레 빤 물이 아직 마르지않아 축축하게 남아있었다. 월림의 자리 주변 책상들은 모두 하나같이

엄청나게 멀게 띠어져 있었다. 왜곡된 상상이라 믿고싶었지만

월림이 바라보고 있는 세계는 현실이었다.

"왜? 또 아까처럼 죽고싶냐며 덤벼보지그래?"

팔에 붕대를 감고 기브스를 한 채화가

친구들과 나타나며 말했다.

"미안하지만 죽는건 내가 아니라 너야. 어차피 빨리 죽는 인생, 지금 죽으나 더 살고 죽으나 똑같잖아? 네 주위에 사람은 없으니까 말야."

채화가 비웃음을 띄며 말했다.

"앞으로도 네 주위에 널 생각해주는

사람은 없을거야. 영원히."

"그 말 틀렸어."

뒷 문 쪽에서 중저음의 목소리가 들려왔고

그것은 민혁이었다. 민혁이 채화 앞으로 다가왔다.

"내가 아는 신월림은 그렇지 않아. 빨리 죽지도 않고,
신월림 주위에 신월림을
생각해주는 사람이 없지도 않아."

"민혁아! 하지만 월림이가
죽고싶냐면서 내 팔을 부러뜨리고
날 밟아댔어. 쟤가 잘못했다구."

채화가 아양을 떨어대며 민혁에게 말했다. 하지만 민
혁은 채화에게 눈길 하나도
주지 않은채 말했다.

"니가 먼저 잘못한거겠지. 그렇지 않으면 저 둔해빠진
애가
널 건드릴 이유가 없잖아?"

그러더니 월림 앞에 섰다. 자신의 책상 앞에 고개를
숙이고 서서
멍하니 있는 월림을 불렀다.

"신월림. 나 봐봐. 뭐해?"

하지만 월림은 고개를 들어
민혁을 쳐다보지 않았다. 그러자 오기가 발동한 민혁
이
월림의 얼굴을 잡고 들어올렸다. 월림은... 울고 있었
다. 월림의 눈물을 보고 표정이
굳은 민혁이 월림의 얼굴을 잡고있던

손을 놓았다. 그리고 말했다.

"씨발.. 앞으로 신월림 건드리기만 해봐. 여자고 남자고 안봐줘. 알겠어?

신월림 내 여자친구거든. 야, 팔 다친애. 너 창고 들어가서 책상하고

의자 꺼내와. 좋은걸로. 너 혼자 갔다와."

채화가 놀란 표정으로 말했다.

"나..?"

"그래. 여기에 팔 다친애가

너말고 또 누가있어?"

"아,알겠어."

채화가 책상과 의자를 모아놓는 창고로

향하면서 입술을 꽉 깨물었다. 틴트를 발라 발갛게 물든 입술이

찢어져 피가 흘러나왔다.

'신월림.. 가만안둬...'

민혁이 월림의 책상과 의자를 빼서

맨 뒤에 갖다 놓았다.

"이 책상하고 의자 전부 도채화

한테만 들어서 창고에 갖다놓으라해."

"그래도 채화는 팔 다쳤는데..."

채화의 친구가 말했다.

"그러면 늬들이 도와주던가."

"아.. 응..."

아까 월림을 괴롭힐때는 기세등등 하더니

이런 상황이 되자 그녀들이 쪼그라들었다.

"민혁! 뭐해?"

뒷 문을 살짝 열고 빼꼼 얼굴을

들이밀며 한 남학생이 말했다. 그 남학생의 명찰에 담

긴 이름은 [박하민]

이었다.

"그냥."

민혁이 말했다.

"민혁아~ 놀자~"

곧 짙은 갈색머리를 한 여자가 들어와

민혁의 목을 조르며 말했다.

"켁켁! 놔!"

그녀의 이름은 [김지율] 이었다.

"어? 이거 누구 책상이야?

신월림 죽어버려?

이 반에 신월림 있는거야?

나 실제로 꼭 한번 보고싶었는데

반이 너무 많아서 그만 못봤지 뭐야~ 뭐야? 누구야?"

지율이 월림의 책상을 보고

호기심 가득한 눈을 빛내며

월림을 찾기 시작했다.

그러다 백금발의 눈에 띄는

월림을 발견하고는 와다다 달려가

월림을 빤히 쳐다봤다.

"와우~ 너 예쁘다~"

그리고는 짧은 감탄사를 내뱉었다.

"너 왕따라며?

나랑 친구하자~ 응?"

지율이 상큼하게 웃으며 말했다. 이런 상황을 예상치 못한 월림이

당황스러운 표정을 짓자

지율은 표정 하나 변화없이 신난듯 말했다.

"좋다고? 알았어~ 아싸~ 나 엄청 예쁜 친구 생겼다!"

곧 지율은 월림의 손을 잡고 복도로 나가

이곳저곳을 마구 헤집어놓고 다녔다. 그러다가 다음시간을 알리는 종이 쳤고, 지율은 아쉬운듯 월림의 손을 놓더니 말했다.

"은결이도 너한테 알려주고싶은데

아쉽다. 민혁이는 5반이고, 나도 5반이고, 하민이도 5반, 은결이는 6반이야."

"아, 그래."

월림의 목소리에 지율이 놀란표정을

짓더니 두 손을 벌컥 잡고 말했다.

"너 목소리 엄청 좋다!

언젠가 나한테 노래를 들려주지 않으련?"

"난 아는 노래가 없는데..."

"내가 가르쳐줄게~ 그럼 좀 있다 봐!"

지율이 손을 흔들며 5반 교실 안으로

사라졌고 월림이 그 옆 4반 교실로 들어갔다. 월림의

자리는 깨끗하게 바뀌어져 있었다. 넓게 띄어져 있던

책상 틈도 붙여져 있었고

책상 줄도 다른 아이들과 잘 맞춰져 있었다. 민혁에게

고맙다는 소리를 해야겠다고

생각하며 월림은 자연스럽게 아이들 틈에

섞여 수업을 들었다.

03. 소개

"얘야? 신월림이?"

은결이 앞에 있는 월림을

쳐다보며 물었다.

"응~ 어때?"

지율이 초롱초롱한 눈으로

은결에게 물었다.

"그냥 뭐.. 신기하네."

은결이 월림의 머리카락을 만지려 하자

민혁이 벌떡 고함을 질렀다.

"야! 걔 만지지마!"

"왜? 소문 진짜야?

만지면 바이러스 체액 때문에

똑같이 알비노 걸린다는거?"

대체 월림의 소문은 몇 개인가.

"아, 아니.. 걘 만지면 울어!"

민혁의 말에 은결이 어이없다는듯 웃었다.

그러다 월림이 여자란것을 자각하고는

손을 거뒀다.

"하긴. 여자를 만지면 안되지."

하민은 이럴때에도 열심히 핸드폰으로

게임을 하고 있었다.

민혁, 월림, 지율, 은결, 하민

둥그렇게 옥상 위에서 모여 얘기를 나눴다.

"월림이 너 혼혈이야?"

"아니? 변종이야."

월림의 저런 말 한마디에도 아이들이

자지러지게 웃어댔다. 이런 분위기가 적응이 안되는
월림은

그저 고개를 갸우뚱 거릴 뿐이었다.

- 딩동댕동♪

다음 시간을 알리는 종이 치자

어쩔 수 없다는듯 자리에서 일어났다. 그리고 다같이
옥상을 벗어나

2학년 복도를 걷기 시작했다.

"월림아 너 야자해?"

지율이 물었다.

"응. 하는데. 왜?"

"야자 하지말고 우리랑

같이 하교하자. 데리러 갈께~"

그리고 반으로 쏙 들어가버렸고, 월림도 반으로 들어
갔다.

월림의 자리는 평범했고

더 이상 월림에게 태클을 걸거나

무시하는 일이 없어졌다.

정규수업이 끝나고 가방을 쌀까

말까 월림이 속으로 고민을 했다.

"월림! 나와! 같이 가자."

하민이 씨익 웃으며 말했다. 월림이 분주히 가방을 싸
기 시작했고, 마침내 가방을 다 싸고 어깨에 맸다. 그
리고 복도로 나왔다.

월림의 친구들이 월림을 기다리고 있었다. 친구라고는
어렸을때밖에 없었던 월림에게

참 행복한 풍경이었다.

학교가 끝나고 월림은 친구들과 함께

오락실도 가고, 노래방도 가고, PC방도 가고

즐거운 시간을 보냈다.

하늘이 어둑어둑 해지고 민혁이

월림을 데려다주겠다며 함께 갔다.

"난 괜찮은데... 평소에도 혼자갔었어. 별로 위험하지도 않고."

"그래도 항상 조심해야되. 특히 너처럼 특이하게 생긴 애는 더욱더."

특이하게 생긴 애 라는 대목에서

월림은 살짝 짜증이 났지만

사실이므로 그냥 넘어가기로 했다. 그리고 아까 말해야지 했던 말을

민혁에게 꺼냈다.

"민혁아, 고마워."

"뭐가? 니가 내 여자친구라고 한거?"

"아니. 평범한 생활을 할 수 있게 해준거."

그러자 민혁이가 약간 실망한듯한

표정을 지었지만 월림은 보지 못했다. 월림과 민혁은 아파트 엘리베이터 앞에 섰다.

"신월림. 나 너한테 할 말이 있는..."

- 띠링♪

엘리베이터 문이 열리고, 월림이 잽싸게 탔다. 말을 끊어먹은 엘리베이터에게 속으로

짜증을 내며 민혁도 함께 탔다. 월림이 8층 버튼을 눌렀다.

민혁과 월림만 있는 엘리베이터 안. 민혁은 기분좋은

떨림을 느끼며

월림을 곁눈질로 쳐다봤다.

하지만 월림은 그런 시선을 느끼지 못하는듯

점점 숫자가 위로 올라가는 것만을 쳐다보았다.

04. 원하던 삶

어느새 8층에 도착했고, 엘리베이터가 문을 열었다. 월림이 엘리베이터 밖으로 나갔다. 그리고 802호 앞에 멈추어 섰다.

"내일 학교에서 보자."

월림이 웃으며 손을 흔들었다. 민혁이 말을 해야겠다고 결심한듯

굳센 표정을 짓더니 말을 꺼냈다.

"아까 너한테 할 말이 있다고 했잖아."

"그랬나? 응. 뭔데?"

"나 아무래도 널..."

"으악!"

월림이 갑작스레 소리를 지르자

놀란 민혁이 월림에게 가까이 다가갔다.

"왜? 왜그래?"

"아직 9시 30분이 안지났어. 야자 빼먹은거 들킬텐데 어떡하지."

"안에 누구 있는데?"

"엄마랑 남동생."

"그럼 나랑 계단에 있다가 들어가."

민혁과 월림이 아파트 계단에

둘이 앉았고 민혁은 할 말을 하기위해

말을 꺼냈다.

"나 널 조..."

"나 아빠랑 안 살아."

"그래? 왜?"

민혁은 속으로 한숨을 내쉬었다.

"처음에는 눈송이처럼 하얗다고

좋아했는데 남동생 태어나고

내가 알비노란걸 아빠가 알아버렸어. 그래서 엄마보고

별 이상한 변종을

나았냐면서 이혼하고 가버렸어."

"슬프겠네."

"치욕스러워.

그나저나 니가 하려던 말 뭐야?"

월림이 궁금하다는 표정으로 묻자, 민혁이 씨익 웃으

며 말했다.

"나 말이야, 널 좋..."

"어? 누나!"

기껏해야 초등학교 3학년 쯤 되어보이는

남자아이가 802호에서 문을 벌컥

열고 나와 월림을 보자 쪼르르 뛰어나왔다.

"어이구 우리 월하~ 잘있었쩡?
엄마한테 야자빼먹은거 말하면 안돼~"
"엄마~"
월하가 사악한 표정을 짓더니 쪼르르
달려나가 집 안으로 들어가서 문을 쾅 닫았다.
그러자 월림이 다급한 표정으로 벌떡
일어나더니 문을 두들겼다.
"월하야! 누나가 초콜렛 두 개 사줄게!!"
"겨우?"
"세 개 사줄게!!!"
"좋아~ 그런데 저 형아 누구야?"
월하가 문을 빼꼼 열고는 민혁을
보며 물었다. 그러자 월림이 싱긋 웃으며 말했다.
"누나 친구야~"
"그래?"
월하가 의미심장한 눈빛으로 민혁을
쳐다보더니 안으로 쪼르르 달려나가
사탕을 한개 꺼내와 민혁에게 주었다.
"받아, 형아. 불쌍해서 주는거야."
"어. 그래.. 근데 형아가 뭐가 불쌍해보여?"
그러자 월하가 비웃음을 날리더니 말했다.
"우리 누나랑 마음이 다른거. 걱정 마. 나도 한땐 우리
반 여자애한테

그런 마음이 있었거든."

"응? 월하야, 그게 무슨 말이야?"

월하의 말을 이해하지못한 월림이

다시 물었고, 안색이 약간 파래진 민혁이

인사를 하고는 가버렸다.

"저 형아 불쌍해.

이상한 우리 누나랑 친구 됐잖아."

"내가 뭐 어때서?"

"누나는 색깔이 이상해."

"나도 알아.. 누나 그만 가서 쉴께."

"응. 잘 쉬어~"

월림이 방에 들어갔고, 월하는 엄마에게

달려가 간식을 달라며 쪼아댔다. 월림이 핸드폰을 만

지작 거렸지만

전화 한통, 문자메세지 한통 오지 않았다. 전화번호 주

소록을 보니.. 엄마, 월하 그리고 민혁이도 있다!

월림이 민혁이 번호로 문자메세지를

입력하기 시작했다.

[민혁아 집에 잘 들어갔어?]

문자메세지를 보낼 친구가 있다는건

참 행복한 일이었다. 곧 월림의 폰이 진동을 울렸고

답장을 봤다.

[응. 근데 그 꼬마 뭐야? -민혁이]

[내 동생? 그냥 내 동생인데. 왜?]

[아니, 그냥.. 눈치가 빠른것 같아서 -민혁이]

[무슨 눈치?]

[아냐. 아무것도. 근데 아까 학교에서
니가 내 여자친구라 했잖아. 그때 기분 어땠어? -민혁
이]

[어땠냐니? 좋았지.]

드디어 이 지독한 괴롭힘에서 벗어날
수 있겠구나 하고 희망의 빛이 떡하니 보였지. 를 타
자로 치려고 했으나
너무 길어 월림은 짧게 줄이기로 했다. 그러자 전화가
울리기 시작했다. 월림은 이게 얼마만에 전화냐! 하고
덥썩 받았다.

"여보세요?"

"그럼 있잖아, 나랑 진짜로 사..."

"누나! 초콜렛 사줘!"

입가에 초콜렛과 과자부스러기가 잔뜩
묻어있는 월하가 월림의 방 문을 벌컥 열며 말했다.

"지금? 알겠어. 미안한데 전화 끊어야겠다. 안녕!"

그리고 월림이 전화를 끊었고, 건너편의 민혁은... 고백
을 못한것을 원통하게 여기며
두근대는 마음을 안고 잠을 설치다
겨우 잠에 들었다.

05. 고마운 사람

오늘도 어김없이 일찍 학교에 온 월림은

이제 자기가 있어도 편하게 이야기 하는

아이들을 보고 다행이라 느꼈다. 어제 월하에게 뜯긴 돈을 안타깝게 여기며

지갑을 보고 속으로 통곡해야 했지만... 모든걸 잊고 아침잠을 자자고 생각한

월림은 책상에 엎드려 잠을 청했다.

"요즘 신월림 있잖아. 친구 좀 생겼다고

너무 막나가는거 아냐? 어제도

야자 빠졌잖아."

"그래도 뭐 어쩌겠어. 민혁이

여자친구라는데. 채화도 팔부러져서

더 이상 신월림 괴롭히지도 못하잖아."

"아쉽다."

아이들이 소곤소곤 대며 키득키득 댔다. 아래로 깔아 보는 듯한 눈빛으로

책상에 엎드려 자는 월림을 곁눈질하며 말이다. 월림은 그 소리를 듣지 못한채

꿈나라에 빠져있었다. 돈까스와 회초밥 갈비찜 등 푸짐한

음식 상이 월림 앞에 놓여져 있고

월림은 침을 흘리며 맛있게 먹는 꿈이었다.

"맛있다~ 헤헤헤.. 더 줘~"

"뭐가 그렇게 맛있냐?"

이 목소리는!

월림이 벌떡 일어났다.

"아무래도 나 내 제사상 먹는 꿈을 꿨나봐... 무서워...
아닌데? 제사상에 돈까스랑
회초밥이랑 갈비찜이 나올리가 없잖아?"

"무슨 뚱딴지같은 소리래. 너희 반
1교시 과학이니까 교과서 잘 챙겨."

"응~ 고마워."

민혁이 월림의 고맙단 소리에

보일듯 안보일듯 웃다가

이내 뭔가 생각난듯 월림에게 말했다.

"신월림. 오늘은 점심 먹어."

"어? 어.."

"어차피 애들 너 점심 안먹는거
다 아니까 신경 쓸 필요없어. 이제부턴 먹어. 너 점심
값 냈잖아."

"알겠어. 종 치겠다. 너네반으로 가."

"꼭이다! 김지율 보낸다!"

"응~ 응~"

민혁이 반을 나가자 아이들이 월림에게

모여들었다.

"너희 진짜 사겨?"

"몇일 됐어?"

등의 비슷한 질문들. 하지만 월림은 그런 질문들에 대답을 해줄 수가 없었다.

"걔 최민혁하고 안사겨."

은결이 저벅저벅 다가오며 말했다.

"나랑 사귀거든."

그러더니 월림 어깨에 어깨동무를 한다.

"어머, 진짜? 왠일이니~"

아이들이 황홀한 표정을 지으며 말했다. 월림은 은결과 사귀는게 아니라고

말하고 싶었으나 만약 그렇게 말하면

또 괴롭힐까봐 말하지 못했다. 그저 잠자코 있는데 은결이 월림의

머리카락에 입맞춤을 한다.

"꺄아아악~"

순간, 교실은 아수라장이 되고

은결이 가는 동시에 선생님이 들어오자

그나마 조용해졌다. 월림은 머릿속이 뒤죽박죽이 되어버렸다.

점심시간.

"월림아~ 밥먹으러 가자~"

지율이 생기넘치는 표정으로 월림의

반에 들어와 말했다. 얼마만에 밥인가!

월림이 웃으며 자리에서 일어났다. 그리고 지율과 함께 급식실로 향했다.

"다른 애들은?"

"벌써 다 급식실로 갔어. 근데 좀 고민되겠다~"

"뭐가?"

그러자 지율이 싱긋 웃으며 말했다.

"민혁이와 은결이 둘 사이에서
갈등하고 있다며? 다 들었어."

"누가 그래?"

"이미 이 고등학교 2학년이라면
다 아는 사실이 되어버렸는걸?"

월림이 당혹스러운 표정을 짓자, 지율이 웃으며 집요하게 물었다.

"너는 누가 좋아?"

"둘 다 친구야."

"흐응~ 그래? 알았어!
빨리 밥먹으러 가자!"

"응!"

월림과 지율이 밥을 먹으러 급식실
안으로 들어서자 학생들이 북적북적
하게 모여서 밥을 먹고 있었다.

"그냥 너랑 나랑만 앉아서 먹는편이

수월하고 좋겠다! 그치?"

지율이가 앞에서 식판을 집어들며 월림를 보고 말했
다.

"응!"

지율이 월림 숟가락과 젓가락을 챙겨줬다. 그렇게 지
율이랑 월림이 함께 밥을 먹었다.

"근데 너 민혁이랑 어떻게 친해지게 된거야?"

밥을 먹다가 지율이가 월림이에게 말했다.

"그냥.. 예전에 공터에서 내가 애들한테
괴롭힘 당하고 있는데 민혁이가 도와줬어."

"진짜?"

지율이가 놀란 표정으로 월림에게 되물었다.

"응. 진짜."

"민혁이가 남을 도와주는 일은 흔하지
않거든. 널 만나서 달라진거구나."

"어떻게 달라졌는데?"

"너 빵줘야 된다면서 매점가자고
하더래니까? 평소에 내가 빵 좀 나눠달라고
하면 절대 안 나눠주면서 니 빵 사주는데
같이 가면 자기빵 나눠준다?"

"내가 급식을 안먹으니까 그런거겠지."

"아니야. 아마도 민혁이는 널 만나고
싶어서 빵사놓고 기다리고 있던 걸꺼야."

"나를? 왜?"

"그거야, 딱 봐도 티나잖아?

민혁이가 널 좋아하는거."

그 순간, 월림이 사레가 들렸는지

켁켁 댔고 지율이 놀란듯 하더니

월림의 등을 두드려주었다.

"괜찮아?"

"응. 놀라서 그랬나봐. 너도 얼른 먹어."

"알겠어."

지율이 싱긋 웃고 밥을 먹기 시작했고

두 사람은 말없이 급식을 먹었다. 다 먹은 후 둘은 옥
상에 다다랐다.

"나 할 일이 생각났어."

지율이 말했다.

"뭔데?"

"그건 비밀~ 옥상에서

편하게 쉬어! 떨어지지 말고!"

"응!"

곧 지율은 가버렸고, 월림은 안식처 옥상 문을 열었다.

06. 인간

지율이 향한 곳은 1반 교실 안이었다. 시끌벅적 산만
한 교실 안을 휘휘

둘러보다 이내 무언가를 발견한듯 다가간다.

"야! 너지?"

아이들에게 이야기를 들려주며

하하호호 웃고있는 평범한 여자아이 앞에

다가가서는 다짜고짜 저렇게 말했다.

"뭐..뭐가?"

외모가 화려하고 말빨이 세보이는 지율

에게 일찍부터 겁을 먹은 여자애가 물었다.

"신월림 소문 퍼뜨린거. 너냐구~"

지율이 상큼하게 웃으며 말했다.

"아.아니? 아닌데?"

"뭐가 아냐. 내가 다 알거든?

월림이 나쁜 소문 퍼뜨린거 용서해줄테니까

앞으로는 소문 퍼뜨리지마."

"아..알겠어."

"말로만? 야, 너네 신월림 알지?"

지율이 모여있던 아이들에게 물었다. 그러자 아이들이

고개를 끄덕이며 말했다.

"응. 그 알비노왕따 말이야?"

"걔 안씻고 다닌다는 말이 있던데..."

비슷비슷한 나쁜 말들의 연속에 지율이

싱긋 웃더니 이 일의 중심인 여자애를 쳐다봤다.

"어쩔거야?"

"앞으론 안그럴게..."

"얘들아, 지금부터 내 얘기 잘 들어줘. 월림이 왕따 아니야. 친구 많아. 잘 안씻지도 않고 알비노 바이러스 체액이

월림이 전체에 묻어있지도 않아. 그냥 평범한 애야. 미워하거나 싫어하지마."

"으,응..."

"맘에 안드는 애들 뒷담 까지마. 앞에서 말해. 차라리 그게 속 시원하니까. 신월림 내 친구니까 그딴 소문 한번만 더

퍼뜨리면 진짜 생매장 시켜버릴줄 알아. 그럼 간다! 안녕~"

반을 빠져나온 지율은 옥상으로 갈까 생각하다가

옥상에 민혁과 월림이 있는것을 깨닫고 5반으로 향했다.

- 끼이익

옥상 문을 여는 소리와 함께 탁 트인

옥상이 보였다. 그리고 언제나 똑같이... 옥상 난간에 기대어 서있는 민혁을 보았다. 월림이 민혁에게 말을 걸었다.

"넌 맨날 여기서 뭐하냐?"

월림의 말에 민혁이 픽, 하고 웃었다.

"뭐하긴. 바람 쐬는거지."

"그래. 마음껏 쐬렴~"

월림이 옥상 가운데에 가서 앉아

눈을 감고 바람을 느꼈다. 월림은 바람이 잘부는 가을

이 좋다고 느꼈다.

"..신월림."

그런 월림을 보고있던 민혁이

나즈막히 월림의 이름을 불렀다.

"왜?"

월림이 여전히 눈을 감고 바람을

느끼며 가볍게 대답했다.

"넌 날 어떻게 생각해?"

"어떻게 생각하긴. 쓸데없이 나서고, 꼭 자기가 영웅인

것처럼

행동하고, 쓸데없이 인기만 많고, 쓸데없이 잘생기고,

성격 별로고,

소중하고, 고맙고, 친구지..."

월림의 말에 민혁이 잠시 생각하는듯

하더니 말을 꺼냈다.

"친구말고 이성으로 볼때는.. 어때?"

민혁의 말에 월림이 스르르 눈을 뜨고

민혁을 쳐다봤다. 한동안 민혁을 뚫어질듯 쳐다보던

월림이 장난끼어린 웃음을 짓더니 말했다.

"최악이야."

잠시동안 심장이 쿵 했다가 장난이란걸

안 민혁이 말했다.

"장난치지말고 진지하게 말해줘."

그러자 월림이 진지한 표정을 짓더니 말했다.

"최악이야."

순간 민혁의 머릿속에 월림에게 고백을 했다가

차이는 자신의 모습이 떠올랐다. 지금은 고백할 타이

밍이 아니야. 민혁이 고개를 절레절레 흔들었다.

"왜그래? 어디 아파?"

"아니야. 아무것도."

그러자 월림이 다시 눈을 감고

바람을 느끼기 시작했다.

"..좋아하는 여자 생겼어?"

월림이 민혁에게 물었다.

"어."

너야. 좋아해, 신월림. 하지만 민혁은 말하지 못했다.

"그래? 좀 아쉽네."

"뭐가?"

"지율이 말듣고 알았는데

니가 좋아하는 여자가 나일줄 알았거든. 근데 아닌가

보네. 착각했나봐. 미안."

또 한번 민혁의 심장이 쿵 내려앉았다. 월림이 자리에

서 일어나 옥상 문

손잡이를 잡았다.

"잠깐만!"

민혁이 다급하게 월림을 불렀다.

"왜?"

막상 월림을 보자 입이 떨어지지 않는

민혁은 머릿속이 뒤죽박죽 이었다.

"아무것도 아냐."

"뭐야. 싱겁긴."

월림이 피식 웃더니 옥상 문을

열고 닫은 다음 계단 밑으로 내려갔다.

월림이 옥상에서 나가자 민혁이 자리에

앉아 신경질스럽게 머리를 쥐어뜯었다.

"잡았어야 했는데.. 진짜 병신..."

교실까지 내려간 월림은 자기 자리에

가서 다음 시간을 준비했다.

완벽히 다 준비해놓고 심심함에

잠이나 잘까 생각하던 월림에게

채화와 무리들이 다가왔다.

"내 팔 부러뜨려놓고 돈을 왜 안줘?

차로 사람 쳐놓고 도망가면 좋아?"

채화가 발로 월림의 책상을 차면서 물었다.

"알았어. 얼만데?"

"60만원."

세상에나.. 엄마한테 말하면 혼나는 정도가

아닌데다 돈 없다고 할텐데 어떡하지.

60만원이라니 나한텐 너무 큰 숫자다.

월림이 생각하는듯 하자 채화가 무언가

생각한듯 친구들과 속닥속닥 하더니 말했다.

"보나마나 너 돈없지? 그러면 돈말고

우리 샌드백 하는건 어때?"

"샌드백? 때리겠다고?"

"지금 학교에 말을 아직 안했거든?

근데 만약 니가 내 팔을 부러뜨렸다고 한다면

넌 학교폭력으로 사회에서 발묶일거야. 학교폭력 60만

원과 샌드백. 둘 중에 선택해."

학교폭력은 왕따나 따돌림, 언어폭력

그런걸 말하는게 아니였나?

"잘 모르겠어."

월림이 뒤숭숭한 표정으로 말했다.

"그래? 그렇다면 샌드백이 더 낫겠네. 너를 별로 때리

진 않을거거든.

그럼 내일 화장실에서 보자?"

그러더니 채화무리들이 깔깔깔 대며

교실 밖으로 나갔다. 쉬는시간이 뭐이리 긴지. 월림에

겐 10분이 100분이었다.

"니 옆에 앉아도 돼?"

6반에서 여기까지 (4반) 달려온 은결이

월림에게 물었다.

"하지만 그 자리는 주인이 있는데?"

"누구?"

"저-기."

월림이 손가락으로 어떤 여자애를

가리키며 말했다.

(제비뽑기를 해서 짝꿍성별이 뒤죽박죽)

은결이 그 여자애에게 다가가 말했다.

"니 자리 나 앉아도 되지?

넌 6반 내 자리에 가서 앉으면 되."

"당연하지! 진짜 고마워. 신월림 옆에 앉기 싫었거든."

"월림이 싫어하지마."

은결이 월림에게 다가가

월림 옆자리에 앉았다.

"내가 손금 봐줄까?"

그리고는 은결이 월림의 손을

잡으려 하는 찰나.

"강은결! 걔 만지지마!"

어느새 나타난 민혁이 말했다. 민혁이 뚜벅뚜벅 월림
의

곁에 다가가더니 물었다.

"니 뒤에 누구 앉아?"

"어?"

"니 뒤에 누구 앉냐고?"

"쟤가 앉는데."

월림이 남자애를 가리키며 말했다. 그러자 민혁이 그 남자애에게 다가갔다.

"야. 너 신월림 뒤에 앉지."

"응. 그런데 왜?"

"5반에 내 자리 있거든? 거기가서 앉아."

"어, 으응."

얼떨결에 남자애가 대답하자 민혁이

월림의 뒤에 다가가 앉았다. 은결과 하하하 즐거운듯 웃는 월림의

모습을 보자 왠지모르게 속이 뒤틀렸다. 민혁이 월림의 백금발 머리카락을

잡아당겼다.

"으악! 뭐야?"

그러자 월림이 반응을 나타냈다.

"머리카락이 이게 뭐냐?

솔직히 말해. 니 머리 비듬 많아도

색깔 때매 안보이지?

그래서 맨날 안깜지?"

"아니거든? 맨날 깜어!"

"거짓말 마."

"짜증나게 하지마!"

월림이 짜증난다는 표정을 짓고는

휙 돌아섰다. 은결이 자꾸 말을 거는데도 멍하니

있다가 자려는듯 책상에 엎어졌다. 그걸 놓칠세라, 민

혁이 월림의

등을 찔러댔다.

"일어나~"

하지만 월림은 움찔움찔 댈뿐

일어나지 않았다.

"삐졌냐? 삐진 다음에 자면

마귀 할멈 되는데."

"너 왜자꾸 나 괴롭혀!"

"괴롭히는건 도채화같은 애들이

하는거고.. 나는 애정표현이지~ 안그래? 은결아?"

민혁이 사악한 웃음을 지으며

은결을 쳐다보고 말했다. 눈으로 레이저를 쏘아대며

'옆에서 떨어져'를 연발하고 있었다.

"그런거 같네."

은결이 온화하게 웃으며 말했다. 어느새 수업이 시작

하고, 민혁의 옆자리에 앉은 사람은

다름아닌 도채화였다.

"아잉~ 민혁아~"

"쫑알 대지마. 시끄러. 야! 신월림!"

하지만 월림은 민혁의 목소리에도

대답을 하지 않았고, 그러자 슬슬 짜증이 밀려오는

민혁은 월림의 머리를 뒤에서

잡아당기기도 하고 월림의 등에

뚜껑을 덮은 네임펜으로 -바- -보- 라고 쓰기도 했다.

월림이 뒤를 돌아보고 소곤대는

목소리로 하지말라며 눈총을

주고 다시 앞으로 고개를 돌렸으나

민혁은 못들은체 하고 계속

그 짓을 할 뿐이었다.

월림이 책상을 앞으로 쭈욱 밀고

의자도 쭈욱 앞으로 밀었다. 덕분에 민혁과 월림의 사

이에

빈틈이 넓게 생겼고, 민혁이 월림의 의자를 잡아당겨

자신의 책상 쪽으로 다가오게 만들었다. 월림은 의자

를 앞으로 끌려고

하는듯 했으나 민혁의 발 힘으로

인해 무산되었다. 결국 월림이 책상을 뒤로 끌고

수업을 듣기 시작했다. 민혁이 뚜껑을 덮은 네임펜으

로

월림의 등에 무언가를 적고있다. 월림이 간지럽다는듯

몸을

움직이자 민혁이 월림의 한쪽

어깨를 잡고 제지했다.

-ㅅ-

-ㅣ-

-ㄴ-

-ㅇ-

-ㅜ-

-ㅓ-

-ㄹ-

-ㄹ-

-ㅣ-

-ㅁ-

-ㅈ-

-ㅗ-

-ㅎ-

-ㅇ-

-ㅏ-

-ㅎ-

-ㅐ- 옆에서 그 모습을 지켜보는

채화도 무슨 글씨를 쓰는건지

알아볼 수 없었다. 민혁만이 그 글씨를 알아보고는

쓴 웃음을 지을 뿐이었다.

07. 뒤죽박죽

정규수업까지 다 마치자 월림은

평소보다 몇 배는 더 힘들었다.

채화는 괴롭히더라도 만지거나 하지않고

다른 무언가를 이용해 괴롭혔는데

민혁은 뒤에서 아예 대놓고 막

괴롭히고 있기 때문이다. 야자를 하지 않고 그냥 집에

가고싶지만

월하가 이 사실을 또 안다면 보나마나

초콜렛 4개 이상 사달라고 할것이 분명했다. 엄마에게

이르지 않겠다는 설정으로 말이다..

"월림아! 안 가?"

가방을 맨 은결이 월림에게 물었다.

"응. 야자 해야되."

"그래? 그럼 갈께. 민혁! 가자."

"안돼. 나 야자 해야되."

뭣이라!? 안돼. 안된다구!

월림은 속으로 울부짖었다.

"니가 무슨 야자를 한다고..."

"왜? 꼽냐? 꼽아?

집에 가기나 해. 논다고 돈

다쓰지 말고."

"응. 그래도 생각해주니까 고맙다. 간다~ 갈께~"

은결이 인사를 하더니 복도에서

기다리고있는 지율과 하민에게 다가갔다.

은결이 사라지자 민혁이 벌떡 일어나더니

월림의 빈 옆자리에 가 앉았다. 그리고는 텔레비전 구경하는 포즈로

책상에 팔꿈치까지 대고 손으로는 머리를

감싸면서 시선을 월림에게 향했다. 월림은 지금껏 시선을 많이 받아왔긴

하지만 저런 시선은 조금 부담스럽다고 느꼈다.

"신월림 니가 나한테 고백하면

난 무조건 받아줄 의향이 있어."

"공부나 해. 돌팅아."

자신의 앞에서 도도한척 하고있는 천사같은

외모의 소유자인 월림을 꼭 가지고 싶었다. 민혁에겐 강한 빛으로 인해 빨갛게 변하는

월림의 눈동자와 하얀 눈썹과 속눈썹도

그저 사랑스러울 뿐이었다. 남들이 보기엔 이상하다고 생각하겠지만 말이다. 또는 평상시 월림의 옅은갈색 눈동자도

좋았다. 그냥 민혁은 월림의 모든게 다 좋았다. 만약 월림이 알비노가 아니라 평범한 여자

였어도 민혁은 월림을 좋아했을거라고 짐작했다.

쉬는시간에도 문제집을 펴놓고 공부를

하고있던 월림이 졸린지 눈을 꿈벅꿈벅 거리더니

곧 책상에 엎어져서 자기 시작했다. 월림을 뚫어져라 쳐다보고 있던 민혁은

월림이 머리카락으로 얼굴을 가리며

책상에 엎어져 완전히 잠에 빠져들자

조심스레 월림의 흘러내리는 머리카락을

귀 뒤로 넘겨주었다. 그리고는 월림의 자고있는 모습을

월림과 같은 포즈로 책상에 엎어져서

구경하기 시작했다. 월림의 하얀 속눈썹이 꼭 눈송이가

내려앉은 모습 같았다. 민혁은 월림의 자는 모습을 보다가

자신도 그만 잠에 빠져들고 말았다.

- 딩동댕동♪

종이 치자 월림이 부스스 잠에서

깨어났다. 그리고는 옆에서 자고있는

민혁의 등을 손으로 밀면서

일어나라며 깨웠다. 그러자 민혁이 잠에서 깼고, 선생님이 들어오심과 동시에

야간자율학습이 시작됐다.

저녁을 먹는 시간이 오자

민혁에게 많은 친구들이 다가왔다. 저녁을 먹으러 가려고 하는데

멀뚱멀뚱 하게 앉아있는 월림이

눈에 들어왔다.

"넌 안가?"

"어? 응.. 가야지. 먼저가."

"지금 가."

그러더니 월림을 잡아끌었다. 민혁의 동성친구들이 싫은 표정을

지었지만 못본체 했다. 월림이 민혁과 민혁의 친구들과

함께 밥을 먹는데 자신만 여자라서

창피함을 느꼈지만 굴하지 않고 맛있게 먹었다. 민혁이 후식으로 나온 도너츠와

요플레를 월림에게 주었다.

"너 먹어."

"아.. 응. 고마워."

월림이 허겁지겁 밥을 다 먹고 벌떡

일어나 가서 식판과 숟가락 젓가락을

개수대에 놓고 자신의 반으로 올라갔다. 저녁을 혼자 먹기가 싫었던 월림은

일부러 늦은 시간에 급식실을 찾아가서

급식실아줌마들만 있는 시간에 밥과

반찬과 국을 혼자 푸고 다가가

급식실아줌마들과 함께 먹었다. 물론 이 사실을 아는 사람은

단 한명도 없을것이라 자부하면서. 그런데 정말 월림

의 생각대로

그 사실을 아는 사람은 단 한명도 없었다. 저녁마다 급식실아줌마들과 얘기를 하며

함께 먹은 덕에 월림은 급식실아줌마들의

얼굴과 이름을 다 알고 친해졌다.

월림이 화장실에 가서 양치질을 했다. 입 안에 딸기맛 향기가 가득했다. 양치질을 다 하고 교실에 가서

야간자율학습 수업을 들었다. 그러다보니 하늘은 어둑 어둑 해지고

어느새 학교가 끝나는 시간이 되었다.

월림과 민혁은 둘이 하교를 했다. 민혁은 월림의 집까 지 바래다주면서

월림의 손을 잡을까 말까 수백번을 망설였다. 월림은 집에가서 동생 월하의 간식을 모조리

다 먹어버리고 싶다는 생각을 했다.

08. 널 보면 하고싶은 말

월림의 아파트에 다다르자, 월림이 민혁에게 웃으며 잘가라고

손을 흔들어줬다. 민혁도 얼떨결에 손을 흔들자

월림이 쌩하니 달려 아파트 안으로 들어갔다.

월림이 자신의 집 안에 들어갔다. 월하의 방 문을 슬 쩍 열어보니 월하가

잠을 자고 있었다.

월림은 이때다! 하고 얼른 부엌으로 가

월하의 간식바구니를 열었다. 그러자 풍성한 간식들이

가득했다. 월림은 한손으로 간식을 한움큼 집었다. 그

리고 바구니 뚜껑을 닫고 살금살금

자신의 방으로 오는데 성공했다. 침대 위에 가져온 간

식을 던져놓고

가방을 밑에 내려놓았다. 침대 위에 올라가 엎드려서

가져온 간식

들을 마음껏 냠냠 먹기 시작했다. 월림은 행복과 달콤

함을 느끼며 시식했다. 다 먹은 껍데기를 분홍색 펭귄

쓰레기통에 넣고

집에서 입는 편한 트레이닝복으로 갈아입었다. 불을

끄고 침대에 누워 잠에 들었다.

그리고 다음 날. 은결과 민혁은 마치 원래 제 자리 였

던듯

아무 의심없이 행동했다. 민혁은 계속 뒤에서 월림을

교묘하게

괴롭히는듯 장난쳤다.

"월림아~ 화장실 가자~"

채화와 무리들이 월림에게 다가와 말했다.

"너 쟤들하고 친했냐?"

민혁이 어리둥절한 표정으로 물었다.

"몰라?"

샌드백이라는 선택을 잊어먹은 월림이

도통 모르겠다는 표정으로 그녀들을 따라갔다. 화장실

에 들어서자 그녀들이 무서운

표정을 짓더니 말했다.

"우리들하고 신월림 빼고 다 나가!"

그러자 아이들이 허겁지겁 손을 씻는둥

마는둥 밖으로 나갔다. 월림은 묘한 공포에 휩싸였다.

채화무리들이 악마처럼 웃더니 어느

화장실 칸으로 월림을 집어넣었고, 순식간에 위에서

걸레 빤 물을 부었다.

"하하하! 니가 좋아하는 걸레 빤 물이야~ 어때? 좋

지?"

물을 정통으로 맞은 월림이 미처

앗 할틈도 없이 위에서 많은 대걸레들이

월림을 향해 던져졌다. 순식간에 월림은 만신창이가

되었다.

"자! 갈아입어~ 니 체육복이야!"

채화가 비웃음 가득한 목소리로 말하며

월림이 있는 칸에 체육복을 던졌다. 월림이 어리둥절

하며 있는데

위에서 흙탕물이 부어졌다. 많은 대걸레들 때문에 꼼

짝없이 월림은

같은 자리에서 멈춰있어야 했다.

"큭큭큭. 야. 미안하다고 살려달라고 해~ 그럼 깨끗한
수돗물 부어주고 이만 끝내줄테니까."
"미..안해.. 살려..줘..."
월림이 다 죽어가는 목소리로 말하자
채화무리들이 코웃음을 치더니 말했다.
"그걸 내가 어떻게 믿어?"
월림이 말했던 대목이다.
그러더니 월림의 머리 위에
음식물 쓰레기들이 내려앉았다. 역한 냄새와 함께 월
림은 더럽혀졌고
도채화가 말했다.
"니가 내 팔 부러뜨린걸 생각하면
나도 니 팔 부러뜨리고 싶거든?
근데 넌 너무 더러워서 말이야. 더 더럽혀주는게 좋을
듯 싶어~ 얘들아! 가자!"
발걸음 소리들과 함께 화장실에서
채화무리들이 나갔고 곧 종이 쳤다. 월림이 역한 냄새
를 참으며 눈물을 참으며
화장실 문을 열려고 덜컹덜컹 했지만
열리지 않았다. 월림이 좁은 틈으로 주저앉아
소리없이 울기 시작했다.
전학을 가야할까.. 하지만 집사정이 넉넉하지도 않고
이사를 갈 수도 없으니 만약 다른 고등학교로

가게 된다면 기숙사에서 살아야 할게 분명했다. 어디
든 이 세화고등학교보다는 나을거라
생각이 굳었다.
"신월림! 야! 있어?"
민혁의 목소리가 들렸다. 월림은 환청이라 생각하고
대답을 하지 않았다. 민혁말고 지율이 왔으면 좋겠다
고 생각했다. 지금 자신의 모습은 초라하고 더러우니
까...
하지만 그런 월림의 마음을 아는지 모르는지
민혁이 월림이 있는 화장실 칸을 열었다. 바닥에 웅크
린 월림의 손을 잡아 끌어 나오게
하더니 손닿는곳에 있는 샤워기를 틀어
월림에게 뿌렸다. 구석구석... 월림의 더러움이 서서히
씻겨나가고 있었다. 월림은 눈을 꼭 감고 창피함을
느끼지 않으려 노력했지만 월림의 머릿속에
드는 생각은 창피하다 뿐이었다.
월림의 손에 들려져 있던 체육복까지 빨아준
민혁은 월림의 교복과 체육복의 얼룩이
지워지지않는 것을 보고 말했다.
"체육복 빌려올테니까 가만히 있어. 눈 꼭 감고 내 생
각 하고있어."
그러더니 민혁이 서둘러 화장실 밖을
빠져나갔다. 여자화장실 들어오는거 창피했을텐데.. 민

혁에게 미안하고 고마운 마음이 들었다.

월림이 있던 화장실 밖으로 빠져나온 민혁은

월림이 하고있는 꼴을 보자

가슴이 먹먹하고 눈이 뒤집히는듯 했다. 보나마나 도

채화와 그 친구들이 한 짓일게

분명했다. 수업시간 임에도 불구하고 민혁은

반 안으로 들어가 채화에게 다가갔다.

"니가 그랬지?"

"뭐가~?"

월림을 괴롭힐때와는 180°다른

가식적인 표정에 민혁은 속으로 치를 떨었다. 수업을

하고있던 선생님이 난데없이

나타나 시선을 빼앗는 민혁을 나무랐지만

민혁에겐 그 말들이 들리지 않았다.

"신월림 그렇게 만든거. 니가 그랬냐고."

"그렇다면 어쩔껀데?"

"가서 사과해. 걔한테 체육복 빌려주고

속옷 양말 다 사서 가져다가 미안하다고 빌어."

"싫은데?"

"몇 달동안 병원신세 지고 싶지 않으면

내 말대로 해. 여자라서 말로 하는거니까."

민혁의 무서운 표정에 채화가 입술을

깨물더니 말했다.

"도대체 왜 걔를 감싸고 도는거야?

내가 너한테 고백했을때 받아줬으면

이런 일 생기지도 않았잖아!"

"난 이래서 니가 싫어.

진절머리 날 정도로 니가 싫어. 넌 내 곁에 있던 여자

들 떼어놓으려고

악착같이 괴롭혀대잖아?

너때문에 김지율이 한동안 날 피했어. 그냥 친구인데.

알아?

잔말말고 내 말대로 해. 그리고 앞으로 신월림 괴롭히

지마. 한번만 더 그러면.. 너도 똑같은 꼴로

만들어 줄테니까."

민혁의 말에 채화가 한숨을 내쉬더니

고개를 끄덕였다. 어느새 수업이 끝나는 종이 울리고

채화가 자신의 사물함에서 체육복을

꺼냈다. 그리고 지갑을 가지고

매점으로 뛰어갔다.

월림은 눈을 감고 민혁을 생각하다가

너무 심심해서 눈을 뜨고

자신이 갇혀있던 화장실 칸을 보았다.

양동이에 샤워기로 물을 받은 다음

안에 있던 걸레들을 다 꺼냈다. 물을 받은 양동이로

청소를 하기 시작했다. 얼마 후 화장실이 깨끗해졌고

걸레들과 양동이들을 원래 있던 자리에

갖다놓았다. 종이 치고나서 얼마 후 채화가 자신의

앞에 나타났다. 채화가 무서운 월림은 뒤로 물러났다.

채화가 그런 월림을 쏘아보더니

체육복과 속옷과 양말을 월림에게 내밀었다.

"미안해. 근데 앞으론 민혁이한테 찝쩍대지마."

그러더니 얼른 화장실 밖으로 나갔다. 찝찝해서 기분

이 나빴던 월림은 이게

뭔 횡재냐 하고 얼른 갈아입었다.

젖은 옷은 교실로 가져가 사물함에 넣어두었다.

곧 민혁이 월림에게 다가왔다.

"괜찮아?"

"응. 고마워. 맨날 너한테 도움 받기만 하고..."

월림은 민혁에게 도움을 주고 싶지만

줄 수가 없어서 아쉬웠다. 민혁은 월림의 꼴이 자신

때문에 그렇게

된 것 같아 가슴이 아팠다. 차라리 채화와 사겨버릴까.

그렇게 된다면 더이상 도채화가 월림을

괴롭히지 않을지도 모르는 일이었다. 민혁이 월림을

안고 말했다.

"미안해..."

월림은 왜 다들 자신에게 미안하다는

말을 하는지 이해가 잘 되지 않았다.

09. 놓치고 싶지않은

토요일, 월림은 오랜만에 늦잠을 잤다. 그런데 자신을 깨우는 소리가 있었으니. 그것은 바로 자신의 핸드폰 벨소리였다. 월림은 바로 일어나 핸드폰을 받았다.

"여보세요?"

"나 은결인데. 할 말이 있어. 벤치카페 있지? 거기로 와."

"응~"

벤치카페가 어디지?

친구들과 시내를 돌아다닌적이 없는

월림은 전화를 끊고 지도 앱으로

벤치카페를 찾기 시작했다. 여기다! 여기서 별로 안 멀구나. 월림은 핸드폰 화면을 끄고

서둘러 씻고 밥먹고 옷을 갈아입었다. 옷을 평범한걸로 입었지만 평범해

보이지 않는 거울을 탓하며 밖으로 나가려 하는데... 문자를 알리는 진동이 바지주머니

안에서 울렸다. 월림은 핸드폰을 열고 문자를 살펴봤다.

[너한테 할 말 있으니까 학교옥상으로 와. -민혁이]

놀토에까지 학교로 가야하나?

학교에 가기싫은 월림은 나중에 가기로 했다.

[나중에]

[예쁘게 하고 와 -민혁이]

귀찮은 월림은 그냥 나가기로 했다. 결혼식 축하하러 갈때 따라가서 뷔페 잔뜩

먹으려고 사놓은 예쁜 원피스가 있긴 한데. 입을데가 없다는것을 생각한 월림이

다시 들어가서 그 원피스로 갈아입었다. 깃털이 달린 진주카라가 예쁜

와인색의 원피스였다. 약간 비치는 스타킹을 신고 (커피스타킹)

신발을 신으려는데 운동화밖에 없어서 월림은 그냥 처음에 입었던

평범한 옷으로 갈아입었다. 캔버스화라도 사둘껄... 월림이 밖으로 나갔다.

"우음.. 누나~ 아이스크림 사와~"

월하가 눈을 비비며 방에서 나와 나가려는 월림에게 말했다.

"응~"

월림은 대충 대답해주고 밖으로 나와 벤치카페로 달리기 시작했다. 사람들의 시선과 햇빛을 최대한으로

받지않기 위해서였다. 벤치카페 안으로 들어서자 은결이 앉아있었다. 월림이 재빨리 다가가 은결의 앞에 앉았다. 은결의 표정이 안좋았다.

"나 너한테 할 말이 있는데."

"응! 뭔데?"

"니가 불쌍해서 내가 니 남자친구라도
되서 널 구해주려고 했는데
아무래도 내 힘으론 안될것 같아. 미안.. 우리 그냥 친
구로 지내자."

월림의 삶의 무게가 은결에게까지
막중하게 다가갔나 보다. 월림은 속으로 약간 실망했
지만
아무렇지도 않다는듯 웃으며 말했다.

"괜찮아~"

"네가 평범한애였으면 좋았을텐데..."

은결이 씁쓸하게 웃으며 말했다. 월림에게 그 웃음이,
그 말이
속에 비수가 되어 내리꽂혔다.

순간 월림이 울컥 했지만 억지로 웃으며
인사를 고하고 밖으로 나왔다. 기분이 꿀꿀한 월림은
무작정 달려
학교옥상으로 갔다. 옥상 문을 열자 언제나 그렇듯
민혁이 보였다.

"넌 맨날 여기서 뭐하냐?"

월림이 민혁에게 물었다.

"뭐하긴. 너 기다리지."

당연히 저번처럼 바람 쏀다고 할줄

알았던 월림은 뭔가 조금 당황스러웠다. 민혁이 월림

에게 뚜벅뚜벅 다가갔다. 월림은 아까 전의 은결에게

맛보았던

땅바닥으로 떨어지는 기분을 민혁에게도

느끼게 될것 같아 부담스러웠다.

"나 너한테 중요하게 할 말이 있는데.."

민혁이 진지하게 말을 꺼냈다. 순간 월림의 머릿속에

방금 전 은결이

했던 말이 떠올랐다.

'나 너한테 할 말이 있는데.'

불길한 징조를 느낀 월림은 서둘러

민혁의 말을 끊었다.

"저기! 말야 우리집 식구들은 다

먹는걸 좋아한다? 나는 고기류를

좋아하고 동생은 과자류를 좋아하고

엄마는 나물류를 좋아해~"

"널 좋아해. 신월림."

월림은 먹는걸 좋아한다는 얘기를

하고있는데 자신을 좋아한다는 얘기를

꺼낸 민혁이 야속하게 느껴졌다.

"그럼 내가 먹을거란 소리야?"

"뭐? 아니 그런 소리가 아니라."

"넌 내가 정육점에서 파는 돼지갈비로 보여?

초밥집에서 파는 참치초밥으로 보여?

치킨집에서 파는 파닭치킨으로 보이냐구!"

얘기하니까 먹고싶다고 생각한 월림은

자신도 모르게 새어나오는 침을

꼴깍 삼켰다.

"아니, 내 눈엔 니가 꼭.. 달 같아. 얼굴이 달덩이처럼

둥글다는게 아니라... 그냥 널 처음 봤을때 느꼈어. 달

같은 색깔에 낮에 별로 못돌아다니고

밤에 남들보다 더 밝게 보이고

넌 나한테 달처럼 보여."

예상치 못한 민혁의 대답에 월림이

무슨 말을 해야할지 몰라

어리벙벙한 표정으로 서있었다. 그런 월림의 두 어깨

를 잡고 민혁이

그늘 진 벽으로 밀어붙였다.

"나랑 사귀자."

무슨 대답을 해야하지?

고백을 처음 받아본 월림은

도대체 알 수가 없었다.

10. 관계론

결국 월림이 최종적으로 생각해낸

방안은 쓰러진다, 였다.

"으어어억!"

월림이 힘에 겨운 소리를 내며

가까이 붙어있는 민혁을 슬그머니

밀쳐내고 바닥으로 쓰러졌다. 최대한 실감나게 철푸덕.

민혁이 그런 월림을 당황스럽게 처다봤다.

"나..나.. 아무래도 집에 가야겠어.. 미안해 민혁아.. 너무 힘이들어서..."

"내가 바래다줄까?"

"아,아니! 괜찮아! 나 혼자 갈 수 있어!

그럼 나 가볼께... 안녕~"

월림이 서둘러 말을 마치고 옥상 문을

열고 계단을 내려갔다.

민혁은 자신이 좋은 타이밍에

고백한게 아닌데다 대답도 못들었다는

것을 눈치챘다. 겨우 고백한건데!

민혁의 마음이 무너지는듯 했다.

월림은 민혁의 고백에 앞으로 민혁을

피해야겠다고 생각했다. 엄마가 그랬는데 남자는 다

늑대라고 했다. 정주고 마음주면 떠나간다는 속물이라

고 했다. 월림은 소중한 친구를 잃었다는 생각에

눈물이 나올뻔했다.

집에 돌아온 월림은 집에서 입는 트레이닝

복으로 갈아입고 침대 위에서 뒹굴뒹굴 거렸다.

=__=

=_=

=__=

=____=

↑이런 식으로 입을 찢는 표정을

지으며 놀기도 했다. 월림의 머릿속에 민혁의 얼굴과 목소리가

어화라 둥둥 떠나녔다.

'널 좋아해. 신월림.'

'넌 나한테 달처럼 보여.'

'나랑 사귀자.'

심장이 두근세근네근 킹콩이 뛰어다녔다. 월림은 베게를 배에 붙이고 자신의

방바닥을 거북이처럼 배베게에 의존해서

기어다니기 시작했다.

"누.. 엄마야! 으헝.."

월림의 방 문을 벌컥 열은 월하가

땅바닥에 베게를 깔고 거북이처럼

기어다니고 있는 월림을 보고 기겁을 했다.

"월하야 무슨 일이니?"

월림은 아무 일도 없었던 척

양반다리로 앉아서 말했다.

"누나! 내가 부탁한 아이스크림은?"

아차! 까먹었다. 월림이 몸을 뜨끔 하고 들썩였다.

"깜빡했다~ 미안~ 다음에 사주면 안될까..?"

"안돼! 초코맛구구콘으로 사와~"

어째 내 동생 월하는 저렇게 간식들을

좋아하는데 살이 안찌는걸까.. 오히려 키만 쑥쑥 큰다.

월하의 등쌀에 밀린 월림이 트레이닝복

차림으로 지갑을 들고 밖으로 나왔다.

"하암- 졸려..."

하품을 하고나서 꿈벅꿈벅 눈을

떴다 감았다 하는데 월림의

눈에 민혁이 보였다. 환각인가?

월림이 두 눈을 비비고 다시 쳐다봤다. 환각이 아니었

다. 민혁이 정말 자신의 아파트 앞에

담배를 꼬나물고 서있었다. 월림이 살금살금 눈에 띄

지 않게

조심스럽게 걸었다.

"어? 신월림!"

그러나 민혁은 월림을 발견했다. 민혁이 담배를 버리

고 월림에게 다가갔다.

월림의 안색이 어떡하지.. 딱 이표정으로

바뀌더니 무작정 뛰기 시작했다. 민혁이 당황하는듯

하더니 곧 그녀를

따라서 뛰기 시작했다. 월림은 뒤돌아보지 않아도 발

걸음

소리로 인해 민혁과 잡기놀이가 아닌

잡기놀이를 하고 있다는 것을 깨달았다. 아파트에서

가까운 슈퍼에 들어간

월림은 안보일만한 곳을 찾기 시작했다. 마침 엄청나

게 큰 상자를 쌓아놓은게 보였고

월림이 그 중 하나의 상자 안에 들어가

뚜껑을 닫았다.

"저기요. 혹시 백금발머리 한 여자 못봤어요?"

민혁이 카운터 아줌마에게 묻는 소리가 들렸다. 제발..

아줌마... 가녀린 사슴을 구해주세요.. 나무꾼 아줌마..

"못봤는데?"

슈퍼 카운터 아줌마가 능청스럽게 말했다.

"못보셨어요? 그럼 안녕히계세요."

"예~"

월림은 속으로 자신의 머리를 검정색으로

염색해야겠다고 생각했다. 그 결심은 보나마나 자신이

전학을 가야겠다는 것과 마찬가지로

무산될것이 뻔하지만...

"이제 나와도 뎌~"

슈퍼 아줌마의 목소리에 화들짝 놀란 월림은

몸을 비트는 바람에 우당탕 다른 큰 상자들과

뒤엉켜 상자 안에서 떨어져 나왔다.

"아이구.. 죄송합니다. 감사합니다."

월림이 큰 상자들을 다시 쌓아놓으며 말했다.

"아가씨 생긴 건 참 특이하게 생겼는데
성격은 한국인이네~"

"예.. 감사합니다~"

성격이 한국인이라는건 대체 무슨 말이죠?
월림은 묻고싶었으나 그냥 묻지 않았다. 이렇게 된거
슈퍼 아줌마에 대한 고마운
보답으로 아이스크림을 많이 사버리자. 결심한 월림은
월하가 부탁한 구구콘과
스틱형의 싼 맛에 먹는 아이스크림을 한움큼
집고 빨아먹는 아이스크림도 한움큼 집었다. 다 계산
을 하고 돈을 지불한 월림은
서둘러 슈퍼 안을 빠져나갔다.

혹시 민혁이 있을까 조심조심 발걸음을
앞세우며 걸었지만 민혁은 없었다. 안도감과 함께 허
탈감이 느껴졌다.

동생 월하에게 아이스크림 한무더기를
전해주고 자신의 방에 들어와 엎어졌다. 침대 위에서
방바닥에 떨어져있는
베게를 주우려 손을 뻗었으나 닿지 않아
결국 꼬꾸라져서 침대 위에서 떨어졌다. 아픈 허리를
부여잡고 베게를 집어

침대 위로 갖고 와서 껴안고 핸드폰을 켰다.

[대답해줘 너도 나 좋아해? -민혁이]

11. 생각

답장을 할까말까 할까말까

수백번을 망설이다 그냥 하지 않았다. 난 그냥... 모르겠다. 좋아한다는게 대체 어떤건지.

꺼진 핸드폰을 손에 쥐고 멍하니

베게를 안고 누워있던 월림이

문자메세지 진동을 느끼고 움찔했다.

[월림아! 나 지율이야! 내 번호 저장해! -01011110000]

다행이다. 지율이구나. 월림이 안도감의 한숨을 내쉬었다. 그리고 곧 지율의 번호를 저장했다. 번호목록이 서서히 늘어가고 있었다.

[지율아 사람을 좋아한다는건 대체 어떤거야?]

[음..글쎄? 애정이라고 해야하나? 비슷한거야. 보고싶고, 듣고싶고, 그립고, 친해지고싶고, 함께하고싶은거. -지율이]

지율의 문자에 월림이 또 한번 멍해졌다. 핸드폰을 끄고 불을 끄고 월림이 잠에 들었다. 하지만 월림은 복잡한 생각 때문에

한동안 잠에 들지 못했다. 월림은 어쩌면 자신이 민혁을

좋아하는걸지도 모른다고 생각했다. 그 감정은 친구로써의 감정이라고

생각한 월림은 잠에 들었다.

일요일. 월림은 월요일이 오지않기를

빌고 또 빌었다.

* 월요일

오늘도 어김없이 일찍 온 월림은

학교에 오자마자 가방을 걸어놓고

책상에 엎어졌다.

얼마 후 등교시간 5분 전에 온 은결이

월림을 깨웠지만 월림은 일어나지 않았다. 종이 울리자 민혁이 어김없이

월림의 뒷자리에 앉았다.

1교시는 과학이었다. 어김없이 수업이 시작되자 민혁이

뒤에서 월림을 괴롭히기 시작했다. 달라지는건 없었다. 쉬는시간이 되자 참다참다 못한

월림이 휙 뒤를 돌아 옅은갈색의

눈동자로 민혁을 째려봤다.

"그렇게 쳐다보면 어쩔거야?

왜? 내가 보고싶어 미치겠어?"

민혁이 싱글생글 웃으며 저런 말을 했다.

"아니거든! 내가 왜 널 보고싶겠냐!"

그 말을 하고 다시 앞을 쳐다보려는

월림의 얼굴을 민혁이 잡더니 말했다.

"그래? 난 니가 보고싶어서

미칠 것 같은데."

"그,그래서 뭐 어쩌라구."

순식간에 얼굴이 빨개진 월림이

민혁을 보면서 말을 더듬었다. 그러자 민혁이 웃더니

말했다.

"계속 이러고 있어."

"나 허리 삐뚤어지면 어떡할래."

"상관없어."

"이씨..."

월림이 화난 표정을 짓자 민혁이

그 표정을 보고 웃겨죽겠다는듯 웃어댔다. 순식간이었

다. 민혁이 월림의 입술에 뽀뽀를 한것은. 잠시동안 입

술이 닿았다가 떨어졌고

월림의 표정은 놀람 그 자체였다.

"대답같은거 안해도 되. 그냥 나랑 사겨. 너같은걸 데

려갈 남자가 어딨냐?

얼굴도 구리지, 성격도 구리지, 몸매도 구리지, 어느

하나 잘난 게 없잖아?"

"이, 이..!"

우라질쌍팔레이션멍멍이같은해삼말미잘새끼

떡꼬치에숯불냄비붓고냉수끓여먹을새끼

뱀에물렸다가구사일생으로살아났는데독산딸기먹고죽을
새끼

우웩우웩토하다가멈춘줄알고사람들많은길가는데도중에
토다시나올새끼

월림은 이 중 하나라도 얘기를 하려 했지만

너무 놀라 아무런 생각도 들지 않았다.

채화와 그 친구들이 월림과 민혁을 보고

이를 갈더니 화장실에 가서 의논을 하기 시작했다.

"걔네 사귀는거 같은데 이제 어떡해 채화야?"

"어떡하긴. 계속 신월림을 더럽혀줘야지. 좋은 생각이
났어. 신월림의 순결을 더럽히는거야."

"뭐? 그건 좀…"

한 아이가 말 끝을 흐리자 채화가 독기를

품은 눈빛으로 쳐다봤다.

"아, 알겠어."

채화는 결심했다.

이렇게 된 이상, 무슨 짓을 해서라도

뺏기지 않으리라고!

12. 순탄치 않다

민혁과 월림과 사귀게된지 1일. 야자가 다 끝나고 월
림과 민혁은

함께 하교를 했다. 민혁은 당연하다는듯 월림의 손을

잡았고 월림의 집까지 바래다주는

내내 싱글벙글 이었다. 반면 월림은 뭔가 좋지않은듯

한 예감을 받았다. 아파트 앞까지 월림을 데려다주고

민혁이 아쉬운듯 손을 흔들더니 가버렸다. 자신도 손

을 흔들었고 집으로 들어가려고

아파트 안에 들어가 엘리베이터 앞에서 기다렸다.

월림의 아파트 안에 숨어있던 채화무리들이

월림에게 한꺼번에 다가갔다. 손수건으로 월림이 소리

를 지르지 못하게

막고, 팔과 다리를 잡고 어디론가 갔다.

도착한 곳은 어느 넓은 창고 안이었다. 그 곳에는 같

은 나이또래의 많은 남자들이 있었다. 채화무리들이

월림을 집어던지듯 내려놓았다.

"내가 미안하다고 하는 대신

민혁이한테 찝쩍대지 말라고 했지."

채화가 월림을 위에서 깔아보듯 보며 말했다. 월림은

너무 무서웠다.

"마음대로 얘 갖고놀아."

입가에 비웃음을 띈채 채화가 말하더니

곧 아이들과 함께 나갔다.

- 쾅

문이 닫혔고, 남자들이 월림에게 다가왔다.

"존나 이쁘다. 야 얘 잡고 있어봐."

남자들이 월림이 움직이지 못하게 속박했다.

"싫어. 싫다구!! 놔!!!"

하지만 남자들은 못들은체 하고 월림의

와이셔츠 단추를 하나둘 끌렀다. 눕혀져 있는 월림은 말로만 듣던 뉴스에 나오던

성폭력 당한 여성이 자신이 된다니 끔찍했다. 월림은 울기 시작했다. 엄마, 동생아, 민혁아, 지율아, 은결아, 하민아... 겨우 소중한 사람들이 생겼는데... 내 인생 종치게 생겼다니..

구해줘 제발 아무라도 좋으니까

그리고 그때였다. 창고 문이 활짝 열리더니 민혁이 나타났다. 월림은 눈을 감고 우느라

누가 나타난지도 몰랐다. 월림을 감싸고 있던 남자들이 민혁을

뭐야? 하는 표정으로 쳐다봤다. 민혁의 눈에 울고 있는.. 옷이 반쯤 벗겨진 월림이 보였다.

"이 씨발..."

그녀 주위에 있던 남자들을 민혁이

뒤집힌 눈으로 구타했다. 곧 남자들이 다 정신을 잃었고

민혁이 서둘러 월림의 곁에 다가가

일으킨 다음 다시 옷을 입혀줬다.

월림을 껴안고 민혁이 슬픈 목소리로 말했다.

"미안해..월림아..미안..미안.. 진짜 미안...미안해...미안..미안해..."

그런데 월림이 대답을 하지 않았다. 심지어 아무런 기척도 없다. 뭔가 이상함을 느낀 민혁이 월림을 쳐다봤다. 얼굴에 눈물로 범벅된 월림이

정신을 잃어있었다.

...

....

* 병원

"정신적 쇼크로 인해 기절을 한겁니다. 평소에도 월림양이 정신적 스트레스를 많이

받아왔던것 같은데... 무서운 일이나 가혹한 일을

많이 당했었나요?"

의사의 말에 민혁이 병원 침대에 누워있는

월림을 바라보며.. 면목없다는 목소리로 대답했다.

"네.."

"교복을 보아하니 학생 같은데 월림양의

학교생활이 많이 힘들었나 보군요. 입원시켜서 몇 주

동안 푹 쉬게 하세요."

의사가 월림이 있는 병실을 떠났고

민혁은 월림이 자신 때문에 이렇게 된 것 같아

죄책감이 일었다. 이렇게 좋아하는데... 이뤄질 수 없다.

"꼭 돌아올께..."

나즈막한 목소리로 민혁이 잠들어있는

월림에게 말했다.

월림의 병실을 빠져나왔다. 더 이상은 위험하다. 민혁

이 채화에게 전화를 걸었다.

"어디야."

"어머~ 민혁아! 무슨 일이야?

먼저 전화를 다 걸고~"

"만나서 얘기해. 벤치카페로 나와."

"무슨 일인..."

앙칼진 채화의 목소리가 더 이상

듣기 싫어 민혁이 전화를 도중에 끊어버렸다.

벤치카페에 들어서서 자리를 잡은

민혁은 자꾸 월림의 생각이 나서 미칠 지경이었다. 곧

채화가 카페에 들어섰고

민혁의 앞에 앉았다.

"신월림 니가 그랬지."

민혁의 눈빛이 무섭게 변했다.

"응. 근데 왜?"

"니가 원하는게 뭐야."

민혁의 말에 채화가 빙긋 웃었다.

"이미 알고 있잖아?

내가 원하는건 바로 너랑 사귀는거야."

"약속해. 니가 원하는걸 들어주면
더 이상 신월림 건드리지 않겠다는 약속."
"내가 원하는건 또 있는데?
신월림이랑 연을 끊는거야. 마치 모르는 사람처럼 말
야."
민혁의 기억속에 월림이 웃고있는
모습이 산산조각으로 깨졌다. 모르는 사람처럼... 과연
월림을 자신이 그렇게 대할 수 있을까. 하지만 월림이
더 이상 자신때문에
피해를 입는 모습보다는 낫다고 생각했다.
"그 두가지 모두 들어줄테니까
약속해. 신월림 건드리지마."
"알았어! 히히 우리 오늘부터 시작이네?"
자신에게 앵기는 가식적인 채화를
보고 민혁은 속으로 구역질이 날 것 같았다.
채화의 외모도. 목소리도. 향수냄새도. 성격도. 모든게
다 정말 구렸다. 월림에게 넌 모든게 다 구리다고
말을 했었지만 그건 사실 거짓말이었는데. 월림은 알
까?
13. 니가 없어 의미없는
깨어나보니 보이는건 하얀 천장이었다. 월림이 몸을
일으켜 창 밖을 바라봤다. 상쾌한 새벽이었다. 머리 맡
에 병원복이 있었지만 입지 않았다. 신발을 신고 밖에

나갔다.

병원 앞의 넓은 산책로같은 곳에는

몇몇 병원복을 입은 환자들이 있을뿐

평화롭고 조용했다.

월림은 아무 생각없이 산책로를 걸었다. 한 발자국..

한 발자국... 걸음을 내딛을때마다 뭉쳐있던

생각들, 고민들이 없어져 갔다. 스산한 새벽 공기와 새

벽 하늘이 좋았다. 월림의 폰에게 전화가 왔고

월림이 그 전화를 받았다.

"여보세요?"

"몸은 괜찮니?"

엄마였다.

"응. 괜찮아."

"의사선생님이 그러는데.. 3주동안 너 병원에 있으래.

엄마랑 월하가 많이 찾아갈테니까

아무 걱정 말고 푹 쉬어! 알겠지?"

"응. 알겠어."

그런데 난 아픈곳이 없는데..?

전화를 끊고 난 뒤에 나는

어리둥절 했다. 하지만 곧 어리둥절함도 떨쳐버리고

낮이 올때까지 산책로를 걸었다. 하루종일 먹고 테레

비 보고

자고 싸고 할 일이 없었다. 그러던 중, 지율이에게 전

화가 왔다.

"월림아! 너 괜찮아?"

"응. 괜찮아. 펄펄해~"

"다행이다. 3주 동안

못온다며? 맛난거 들고 찾아갈께. 병원 어디야?"

"심상동대한병원 202호야."

"알겠어! 맨날맨날 찾아갈께~"

아니, 그럴 필요는 없는데.. 전화가 뚝 끊겼다. 이 쯤 되면 민혁이한테 전화가

안 올리가 없는데 왜 안올까. 월림이 핸드폰으로 민혁에게

전화를 몇번이나 걸었지만 받지 않았다. 음성사서함으로 연결된다는

아리따운 여성분의 목소리만 들릴 뿐이었다. 오예! 음성사서함을 이용해볼까?

월림이 안그래도 예쁜 목소린데

큼큼 목소리를 가다듬더니 음성사서함에

녹음을 하기 시작했다.

"니가 하도 내 전화를 안받아서

내가 이렇게 음성사서함을 쓴다!

나 3주 동안 학교 못간데~ 좋겠지?

아 그리고! 니가 저번에 대답해달라고

했던거 있잖아~ 그거 지금 대답해줄께. 좋아해! 민혁

아. 그럼 끊어~"

음성사서함 녹음을 끊은 월림이

오글거림에 몸서리를 쳤다.

민혁은 자꾸 오는 월림의 전화를

받고싶지만 옆의 채화 때문에 받지못했다. 조금이라도
어긋나면 월림을

해칠지도 모르는 마녀같은 채화 때문에. 조금 있다가
음성사서함이 왔다는

문구가 떴고, 월림일거라 생각한

민혁은 그만 가겠다며 일어났다.

채화가 미처 뭐라 하기도 전에 나갔다. 집에 온 민혁
은 월림이 자신한테

보낸 음성메세지를 들었다.

... 두 번.. 세 번... 네 번.. 다섯 번.... 계속 들었다.
월림이 질릴때까지 계속 들었다. 그런데 질리지 않았
다. 오히려 보고싶었다. 실제로 만나 듣고싶었다. 하지
만 그럴 수가 없다.

다음 날, 월림은 일찍 일어나

씻고 병원복으로 갈아입었다. 밥을 먹지 않았다. 좀 전
에 엄마와 월하가 이 곳으로

온다고 예고했기 때문이다. 좀 더 헬쑥해보여서 걱정
을

많이 하게 해야지. 월하가 가지고 있는 과자들을

다 나에게 상납하게 할것이다.

"음하하하하!"

월림이 침대에 누워 우렁차게

웃고있는데 엄마와 월하가 들어왔다.

"3주 동안 니가 입을 옷들하고

필요해보이는거 가져왔단다. 근데 왜 웃니?"

"어? 그.그게... 아무것도 아니야."

"네가 먹을 과일들도 좀 사왔어.

월하가 너한테 과자들도 좀 주라고

해서 가져왔단다. 잘 지내렴."

"우와~ 고마워! 엄마! 월하야!"

"누나~ 나 없어도 잘 지내~"

"그래! 그래!"

월림이 신난 표정으로 월하의 과자들을

뜯고 신나게 먹기 시작했다. 그 모습을 보던 월하는

갑자기 화난

표정을 짓더니 월림이 먹고 있는 과자들을

모조리 다 자신의 품 안에 넣었다.

"뭐야!? 줘!"

"싫어~ 메롱!"

"호호호. 내일 또 올테니까

너무 걱정마렴."

그렇게 월림의 엄마와 월하는 자신의

병실 밖으로 나갔다. 심심해진 월림은 엄마가 주고 간 커다란

가방을 열어보았다. 꽤 괜찮아보이는 옷으로 갈아입고 병원 밖으로 탈출을 시도했다. 지율이가 오기 전까진 병원으로 들어가야지.

"월림양!! 병원 밖으로 나가면 안됩니다!"

월림을 발견한 의사선생님이 월림을 향해 큰 목소리로 말했다.

"6시 전까진 돌아올께요~"

월림이 싱긋 웃더니 병원 담을 훌쩍 넘었다. 하지만 막상 나오고 보니 할게 없었다.

월림이 핸드폰을 열고 번호록을 살펴보았다. 엄마, 월하, 민혁이, 지율이, 상아

상아! 옛날 친구. 지금은 학교를 자퇴해서 학원을 다니고 있다지. 이 시간은 학원가는 시간도 아닐테니.. 월림이 상아에게 전화를 걸었다.

"여보세요?"

"여보세요? 월림이야?"

맑고 쾌활한 목소리가 들렸다.

"응! 상아야! 우리 놀자!"

"좋아! 안그래도 심심했었거든~ 우리 치킨집에서 만나자!"

"그래~"

상아는 치킨집 딸이다. 하지만 치킨을 엄청나게 싫어
한다. 치킨냄새가 풀풀 나는것도 싫어하고

그 냄새가 베는 것도 진짜로 싫어한다. 그런 상아가
치킨을

먹는다는건... 기분이 극도로 꿀꿀하다는 것을 의미한
다. 월림은 약간 걱정스러운 마음으로

상아의 치킨집으로 향했다.

* 공룡모양치킨

"월림아~ 여기야! 여기!"

상아가 팔리지 않은 치킨들을 물어뜯으며

월림을 앉아있던 자리에서 불렀다.

"예끼! 손님들한테 팔껄 먹으면 어떡해!"

상아의 아빠가 상아를 손으로 턱 하니 때렸다.

"어차피 손님도 별로 없잖아!

주문하는 손님도 없고! 먹으면 좀 어때!"

그렇다. 상아네 치킨집은 거의 망했다 싶을

정도로 잘 안팔리기로 유명하다. 그래서 옛날엔 내가
엄마한테 염치불구하고

부탁해서 혼나가면서 상아네 치킨집에서

치킨을 시켜먹고 그랬었는데. 그때가 언제적이더라..

상아와 나는 10년지기 친구다.

"있잖아~ 나.. 나... 엉엉엉.. 차였어..."

그럼 그렇지. 월림이 한숨을 내쉬었다. 상아가 치킨을

뜯어먹다가 식탁에

엎드려 울기 시작했다. 월림이 상아의 등을 토닥여주며 말했다.

"그럴 수도 있지 뭐.. 솔직히 그런 경험이라도 있는게 더 나아~ 나는 사겨본적도 고백받아본적도 없..."

그러다 문득 월림은 민혁을 생각했다. 사겨본적도 고백받아본적도 있다. 고등학교 2학년에 들어서 말이다.

"차인 경험은.. 흑흡.. 없는게 더 나아... 글쎄 내가 고등학생 때 애들이 연애를

아무리 못생겨도 해본다는 소리를 들은거야.. 그래서 평소에 좋아하던 옆학교 애한테

고백을 했어! 그런데 걔가 뭐라는줄 아니? 엉엉.."

제발... 상아야.. 월림이 눈을 꾹 감았다.

"못생긴게 깡다구만 있다고 꺼지래... 으엉엉.."

"뭐라구? 니가 못생겼다구?"

"흑흡.. 응.. 어어엉.."

월림은 믿을 수가 없었다. 상아는 반에서 한두명만 있다는 엄청나게

예쁜축에 속하는 여자애 였기 때문이다. 고1때 자퇴를 해버렸긴 하지만.. 아마도 그때 옆학교에 찜꽁해둔 애가 있었나보다.

"니가 얼마나 예쁜데! 길거리 가다가

번호 따이기도 했었잖아!"

중학교때 얘기다. 서로 다른 중학교
였지만 방학마다 만났었는데 그때의 얘기라지.

"걔네 별로였어.. 그래서 그냥
내가 차버렸지."

"피장파장이네."

그때 차버리니까 지금와서 차인게 아니겠니.

"여보세요? 예~ 예~ 알겠습니다!
아빠가 급하게 어디 나가볼데가 있으니까
상아 네가 주문 좀 받으렴. 알겠지?"

상아의 아빠가 앞치마를 급히 벗어던지고
밖으로 나갔다.

"월림아 내가 술을 가져올테니 조심하자. 안에 엄마랑
배달원 오빠 있단 말야."

그러더니 상아가 음료수 냉장고 안에 깊숙히
있던 술을 한병 꺼내왔다. 그리고 술잔도 두 잔 꺼내
왔다. 상아가 소주를 벌컥벌컥 먹기 시작했다.

"세상이~ 왜~ 이런지~ 내가 좋아하는 사람도~ 날 좋아
하고~ 날 좋아하는 사람도~ 나도 좋아하고~ 돈도 잘벌
고~ 일도 잘하고~ 야아~ 너두 마셔~"

"나 술 못마시는거 알잖아."

"그냥 마셔~ 우리 나이가 몇시야!
십팔이잖아! 우리는~ 십년친구~ 아!! 웃겨!! 케케케케케
케케케~"

상아의 등쌀에 월림이 어쩔 수 없이
술을 마셨다.

그리고 삼십분 후.

상아와 월림은 서로 어깨동무를 하고
노래를 부르고 있었다.

"농사꾼이~ 논을 갈며~ 메뚜기가~ 벌떡~펄떡~ 허수아
비가~ 짹짹~ 고등어가~ 펄떡펄럭~ 닭이~ 꾸끼오~ 닭
이 싫어~ 닭 잡는게 싫어~ 닭 잡는~게~ 싫~어~~"

작사 작곡 한상아 =_=

월림과 상아는 남들은 모르지만
자기들은 알고있는 노래를 불렀다.

"야아~ 이짜노~~"

월림이 빨개진 얼굴로 상아에게 말했다.

"우웅~ 모~?"

"나아~ 좌악미인혀으억 이라눈~ 애한퉤 고백 받은적
있땅~?"

"조켓네~~ 으하하하하학학학
나는 그런거 열번은 넘궤 받아봐따~ 근데 내가 조아한
건.. 한번뿐니었는데.."

상아가 갑자기 엉엉 울기 시작했다.

"울지망~ 울면~ 닭이 너 잡어간당~"

"차라리 그랬움 좋겠어... 닭이 날 잡아갔움 조케떠..."

혀가 심하게 꼬여있는 그녀들..

"민혁아..민혁아.... 으헝헝헝 보구시포.. 내가 미쳤나
바~~ 헤헤헤헤

그냥.. 그냥... 좋아... 민혁이가 좋아.. 엉엉엉엉.."

"야아~ 나 조아하쥐망~~"

"어잉? 니가 민혁이야?

민혁아~~"

"웅~ 마저~ 나는 한상아야~~ 니가 조아하눈 한상아~"

"에잇! 닭집 딸이 머가조아!"

"흑흑.. 너두..너두 그러케 생각하는고야..?"

월림과 상아는 서로 부둥켜안고
울기 시작했다. 그러다 월림이 쓰러졌고.. 상아는 술을
잘 못하는 월림이 안타까웠는지
그녀의 핸드폰을 키더니
민혁이 에게 전화를 걸었다.

"왜?"

잘생긴 목소리가 상아의 귀에
딱 들어오자 상아가 술이 번쩍 깨는듯 했다.

"야~ 니 친구 월림이 쓰러졌어~ 와서 델꾸가~"

"뭐? 니가 쓰러뜨렸냐?"

"아~니~? 우리 둘 다 술먹다
쓰러져써~ 공룡모양치킨집으로 오삼~"

"거기가 어디야."

"우쒸!!! 알아서 차자와!!!"

그리고 상아가 테이블에 엎어져 잠에 들었다.

상아의 코고는 소리가 가득했다.

14. 속마음

얼마 후, 금방 민혁이 공룡모양치킨집으로

찾아왔고 엎어져 있는 두 명의

여인네를 쳐다봤다. 쯧쯧쯧.. 혀 끝을 차더니 곧 월림을

업고 치킨집 밖으로 나와 월림의 병원으로 들어갔다.

월림이 있던 병실에 월림을 눕혀놓고

한동안 자고있는 월림을 쳐다봤다. 남들과는 다른 그녀의 모습...

"우움.. 나 치킨 더 먹을 수 있엉..."

월림이 두 손을 쭈욱 뻗어 민혁의

머리카락을 잡고 때려고 하기 시작했다.

"악! 야! 아파!"

"으음? 이거 닭발튀김인거 같은데?"

그냥 잠자코 있던 민혁이 월림의 손목을

잡고 제지를 했다. 손쉽게 잡힌 월림이 인상을 찌푸리더니

눈을 스르르 뜨려고 했다. 그러자 흠칫한 민혁이 서둘러

월림의 병실 밖으로 나갔다. 눈을 뜬 월림은 민혁의 기분좋은 제취가

남아있음을 느꼈다. 입가에 미소를 담고 다시 잠에 들
었다.

"월림아~ 월림아~"

지율의 목소리에 잠이 깬 월림은

눈을 떴다. 그러자 검정색 봉다리를

잔뜩 싸갖고 온 지율이 보였다.

"뭐야?"

자리에서 벌떡 일어나 앉은

월림이 지율에게 물었다.

"뭐긴~ 너 주려고 잔뜩 사왔지. 다음엔 하민이하고 은
결이하고

민혁이도 데리고 올께~"

검정색 봉지 중 한개를 펼쳐보니

떡볶이, 다른 또 한개는 순대, 튀김, 과자들, 초콜렛들,
음료수들 이었다. 많은 음식들을 다 뜯어놓고 함께

냠냠 먹는 월림과 지율이었다. 그러다 지율이 말을 꺼
냈다.

"맞다! 너 그거 알아?

민혁이 바람 폈다는거."

"바람이라니? 그게 무슨 소리야?"

"넌 학교 안나와서 모르겠구나. 은결이는 다시 6반으
로 돌아갔고

민혁이는 니 뒷자리에 계속 앉아있어~ 근데 다닐때나

어쩔때나 항상 채화가

있는거야~ 그래서 은결이가 물어봤거든?

그랬더니 채화랑 사귄대."

"아.. 그렇구나... 그럼 나한테

헤어지자고 하겠네?"

"그러겠지? 좀 슬프다. 걱정마~ 그나저나 가족들이 주고

갔나보네?"

지율이 과일바구니와 큰 가방을 보며 말했다.

"응. 엄마랑 월하가."

"가족이 두 명이야?"

"응. 월하는 나랑 8살 차이나. 아빠는 내가 알비노란걸 알고난 뒤로

엄마랑 이혼하고 가버렸어."

"흐음.. 그렇구나. 가족이 있어서 좋겠다. 난 부모님이랑 따로 살거든. 형제자매도 없고 말야."

"뭐? 그럼 혼자 사는거야?"

"응. 그렇지 뭐. 집이 완전 동물천국이야. 강아지가 네 마리에다 토끼 두마리, 햄스터 두마리, 고양이 세마리, 오리 한마리. 이렇게. 가정부 아줌마가 오시는데 아주 힘들대."

"집에 가정부 아줌마도 계셔? 좋겠다."

"엄마가 나 혼자 산대니까 걱정 된다고

해서 가정부 아줌마를 부쳤어. 엄마랑 아빠랑 둘 다
우리집 가까이에

살아서 가끔 놀러가기도 해."

"근데 왜 혼자 살게 된거야?"

"엄마랑 아빠랑 이혼을 한다는거야. 그래서 나는 자기
가 키울거다 뭐다 하기도

하고 누구랑 살꺼니? 묻기도 하고

근데 내가 둘 다 싫다고 혼자 살겠다고

해서 어릴적부터 혼자 살았어. 아빠는 동물들 많이 사
주고

엄마는 가정부 아줌마 부쳐주고."

저런 형태의 가족도 있구나. 되게 신기하다.

"나도 어른이 되면 너처럼 살고싶어."

순대를 씹으며 월림이 지율을 보고 말했다.

"그렇게 좋은건 아냐~ 만약 동물들하고 가정부 아줌마
가

없었더라면 엄청 심심했을껄. 집에 동물들이 워낙 많
아서

친구들이 우리집에는 절대 안와."

"왜? 나는 가보고 싶은데. 언제 한번 가도 되?"

"당연하지~"

가족얘기도 하고 여러가지 얘기도

하면서 월림과 지율이 많이 친해졌다. 음식들이 거의

동나자 지율이

자리에서 털고 일어나 가방을 맸다.

"내일 또 올게."

"벌써 가게?"

"응. 내일은 애들 다 데리고 올께. 근데 민혁이는 데리고 오기 좀 힘들겠다. 채화도 붙어서 오겠지 뭐. 잘 있어!"

"응~ 잘 가!"

지율이 병실에서 나가자 나머지

음식들을 월림이 다 먹고 쓰레기통에

껍질들을 넣었다. 혼자 병실에 있자 노래를 부르고

싶다는 생각이 들었다. 월림이 지율에게 전화를 걸었다.

"여보세요? 지율아!"

"응~ 왜?"

"지금 집이야?"

"응! 지금 애들한테 밥주고 있어."

"니가 나한테 노래를 가르쳐주겠다고

그랬었잖아~ 가르쳐주라."

"그럴까? 아름다운 구속 알려줄께."

"응! 아무 곡이나 좋아."

지율이 노래를 부르기 시작했다.

"오늘 하루 행복하길

언제나 아침에 눈뜨면

기도를 하게되

달아날까 두려운 행복앞에

널 만난건 행운이야

휴일에 해야할 일들이

내게도 생겼어

약속하고 만나고 헤어지고

조금씩 집 앞에서

널 들여보내기가

힘겨워 지는 나를 어떡해

처음이야 내가

드디어 내가

사랑에 난 빠져버렸어

혼자인게 좋아

나를 사랑했던 나에게

또 다른 내가 온거야

아름다운 구속인걸

사랑은 얼마나 사람을 변하게 하는지

살아있는 오늘이 아름다워

내 앞에 니가 온거야"

지율의 노래를 듣고 월림은

속으로 감탄을 했다. 목소리가 끊기자 월림이

감탄을 하기 시작했다.

"진짜 잘부른다!"

"고마워~"

"연습해볼께. 잘 자~"

"응. 너도 잘 자!"

전화를 끊고 월림은 노래를 부르기 시작했다. 신비하고 청아한 목소리로...

15. 너에게

월림의 병원 나날은 이거였다. 오랫동안 꿀잠을 퍼질러 자고, 일어나면 맛있는 밥을 먹고, 텔레비전을 보며 깔깔 대고, 엄마와 월하가 가지고 오는 맛난

것들을 먹으며 월하가 쓴 편지를 읽고 깔깔 대고,

밖에 나가서 산책을 하고, 심심하면 상아를 만나러 가고, 다시 병원으로 돌아와 텔레비전을 보고, 지율이 찾아오면...

지율! 월림이 서둘러 시계를 바라봤다. 오후 6시가 다 되어 가는 시간이었다. 지율이 은결과 하민과 민혁과 함께

온다고 했으니 얼른 병실에 가있어야겠다. 의사선생님은 월림이 병원복을 입지않고

사복을 입어도 뭐라 하지 않았다. 대신 3주동안 입원을 하라고 한 자신의

입을 방정이라 생각하며 빨리 병원에서

나가길 바라는 마음이었다. 의사는 얼른 월림의 어머

니분께서

상담을 하러 와주시길 바라며

다른 환자들을 돌보았다.

월림은 사복을 입고 병원 슬리퍼 밑창이

뒤집어질듯 뛰기 시작했다. 그리고 서둘러 자신의 병실안에 들어갔다.

늦지않았군.. 조금있자 지율과 친구들이 찾아왔다. 민혁도 왔으나.. 그 옆엔 보기싫은, 무서운 채화가 있었다.

"나 약속 지켰지? 잘했지?"

지율이가 헤헤 웃으며 월림의

병원침대에 걸터앉았다.

"으,응..."

월림은 웃고있는 채화를 보며

더욱 두려움을 느꼈다. 엄마가 그랬는데 나는 최대한

심신을 안정시키기 위해 입원을

한거라고 했건만 채화가 오면 어떡하나!

하지만 어차피 학교 가면 볼꺼

좀 더 빨리 보면 어때. 월림이 상체를 일으켜 침대에 걸터앉았다. 그리고 어색하게 웃는것도 빼놓지 않았다.

"이야~ 좀 더 헬쑥해

진게 하나도 없네~"

하민의 말에 월림이 어이없는듯 하하하 웃었다.

"얘들아! 우리 진실게임 할래?

모두 모여서 앉아봐봐."

역시나 오늘도 두 손에 검은 봉다리들을

많이 가져온 지율이 말했다. 월림도 침대에서 내려와 애들과

둥그렇게 모여 앉았다.

그러자 지율이 가운데에 작은콜라페트병을

가져다 놓았다.

"대답 못하면 콜라 흔들어서

거품 없어질때까지 마셔야돼. 알겠지?

누구부터 돌릴래?"

"나."

은결이 말했다. 그리고 콜라병을 뱅글뱅글 돌렸다. 콜라병 입구가 가리킨 사람은.. 채화였다.

"민혁이 좋아해? 만약 그렇다면 얼마만큼?"

은결의 질문에 채화가 약간

고민하는듯 하더니 말했다.

"신월림 머리카락을

다 밀어버릴 수 있을만큼."

월림은 스님이 되어야 한단 말인가. 무서워진 월림은 당장 이 놈의 진실게임을

그만하자고 하고 싶었으나 어쩔 수 없었다. 채화가 병을 돌렸고, 입구가 가리킨 사람은 하민이었다.

"박하민 너 솔직히 김지율 좋아하지?"

이것들이 좋아하는 것밖에 물을게 없나!!

월림은 당장에 진실게임을 그만두고 싶었다. 화장실 간다고 할까?

"어."

하민이 고민하지않고 바로 대답했다. 그러자 지율이 놀란 토끼눈으로 하민을 쳐다봤다. 하민이 콜라병을 돌리자, 병 입구가 가리킨 사람은 지율이었다.

지율은 무척 당황한듯 보였다. 월림은 지율에게 화장실 갈까? 라고 하고

싶었으나 그만 뒀다.

"너도 나 좋아해? 김지율. 솔직히 말해줘."

Like Like 그 놈의 Like 좀 그만해

지율이 고민을 하더니 콜라병을 막 흔들고

마시기 시작했다. 부글부글... 아,안돼!

지율아... 엉엉.. 넘치는 콜라를 마시는 지율의 상태는 엄청나게 해괴했다. 넘쳐흐르는 콜라가 목에까지 흘렀다. 보다못한 하민이 지율의 콜라를 뺏었다.

"내 질문이 그렇게도 대답하기 힘들어!?"

입 안이 부글부글 거리는 지율은

하민의 말에 대답을 할 수가 없었다. 하민이 지율이 따놓은 콜라를

벌컥벌컥 깔끔하게 마시기 시작하더니

금방 다 마셨다. 화장지로 콜라를 닦은 지율이

콜라 한개를 더 꺼냈다.

"월림아, 니가 돌려."

지율이 말했다. 월림이 신나게 콜라병을 돌렸고, 너무 신나게 돌리는 바람에 페트병이

사방팔방으로 돌려지다가 은결 앞에 입구가 멈췄다. 대답을 못하게 할만한 질문이 뭐가 있을까... 반드시 콜라를 마시게 해야 하는데. 월림이 머리를 굴리기 시작했다.

"그..그.. 어.. 그.. 뭐지... 채..채화한테 왜 그런걸 물어 본거야?

내 머리털 다 밀리게 생겼잖아!!!"

"글쎄? 왜 그런걸 물었지?"

아싸! 희망이 있다!

채화가 월림을 째려봤다. 월림은 그런 시선을 느끼지 못하고

얼른 콜라를 먹으라는 표정으로 은결을 쳐다봤다. 그런 표정에 은결이 픽, 웃더니 말했다.

"채화가 진심으로 민혁을 좋아한다고 하면

너랑 다시 잘되고 싶어서."

대답을 하지 않길 바랬건만... 월림의 귀에는 은결이 말한게 무슨

내용인지 들리지 않았다.

은결이 콜라병을 돌렸고, 입구가 가리킨 사람은 민혁
이었다.

"채화랑 사귀고 있는 기분이 어때?"

은결의 질문에 민혁이 인상을

찌푸리더니 대답했다.

"끔찍해."

민혁의 참으로 솔직한 대답에

채화가 망연자실한 표정을 지었다. 그런 채화의 표정
에 월림은 무서워졌다. 채화가 화풀이로 자신의 머리
카락을

다 밀어버릴까봐... 민혁이 콜라병을 돌렸고, 입구가 가
리킨 사람은 월림이었다.

"너 나한테 마음 있어?"

채화가 떡하니 보고 듣고 있는데

자신이 대답을 선택할 여지가 어디있단 말인가. 월림
이 채화의 눈치를 보며

몹시 하이톤으로 대답했다.

"아,아~니~! 절대로~! Never! 없어!
흑심도 백심도 없어~!"

"진짜? 말을 왜 더듬어?
그리고 백심이란 말이 어딨다구 그래?"

지율이 은근히 월림의 말을 지적하며

먹으라는 표정으로 말했다.

"단 한 순간도 없었어?"

민혁이 월림에게 물었다. 부글부글 대는 콜라를 절대로 마시고 싶지 않다.

"으응~! 정말로~ 단 한 순간도!

맹세코! 우리집을 팔아서라도 없었어!

마음이 뭔지 난 몰라! 난 몰라요~ 몰라~ 마음이 뭔지 아니?

어쨌든 대답은 했다~"

"월림아 그냥 마셔."

지율이 콜라병을 집어 월림에게 주었다.

"정말? 그냥 마셔도 돼?"

"무슨 소리야~ 흔들고 마셔야지."

"싫어.. 엉엉. 난 환자잖아. 흑기사~ 흑기사 할 사람~"

월림이 콜라병을 번쩍 들며 말했지만

한 명도 정말 한 명도 없었다.

"민혁아! 니가 마셔주라~"

월림이 얼굴에 철판깔고 민혁에게

콜라를 내밀었다. 민혁이 웃더니 말했다.

"싫은데? 난 이렇게 예쁜 여자친구를

두고 그런 몰상식한 행동은 안해."

민혁이 채화에게 자연스레 어깨동무를

하며 말했고 짜증이 난 월림은

콜라를 마구 흔들었다. 그러자 거품이 막 쏟아져 나오

기

시작했고 월림이 은결에게 내밀었다.

"마셔~ 헤헤헤~ 난 환자잖아~"

은결이 부드럽게 웃더니 말했다.

"네가 마셔~ 친절하게 내가 따줄게."

은결이 정말 친절하게 페트병뚜껑을

따주었고 월림이 우는표정으로

콜라를 벌컥벌컥 마셨다. 티끌하나 없이 원샷했다.

"생긴 것도 특이한테 행동도

참.. 어떻게 넘치는 콜라를 원샷하는지."

채화가 비웃음 가득한 표정으로

월림을 쳐다보며 말했다. 톡톡 쏘는 콜라를, 그것도 거품이

콸콸콸 넘치는 콜라를 원샷한

월림이 머리가 띵해져서 털썩 쓰러졌다.

"월림아! 월림아?"

월림은 쓰러진척을 하고 있었다.

다시 일어나려 했으나 많은 애들의

시선이 무서워 그냥 계속 있었다.

"냅 둬. 알아서 일어나."

이미 월림의 쓰러진척과 진짜 쓰러진것을

경험해본 민혁이 쓰러진척을 하고 있다는

것을 눈치채고 말했다. 민혁의 말에 타이밍을 얻은 월

림이

벌떡 일어났다.

"먹을거 먹으면 안될까?"

금세 먹을것들이 펼쳐졌고, 말없이 먹자 금방 동이 났다. 말없이 먹었는데도 금방 다 먹다니. 월림은 패닉 상태였다.

"월림아~ 우리 갈께!"

번호교환을 하고 나서

아이들이 벌떡 일어나 문을 열기 전에

월림에게 말했다.

"응~ 잘 가~"

월림은 쓰레기들을 또 쓰레기통에

마구 집어넣는 일을 해야했다. 창문과 문을 열고 환기를 시켰다. 먹을거 냄새 나니까 또 먹고싶다..

침대에 누워 텔레비전을 켰다. 나비와 붕붕이. 나비가 하늘을 훨훨 날고있었어요. 붕붕이가 방귀를 뀌며 걸어다니고 있었어요. 방귀를 뀌며 걸어다니면 뿡뿡이라 해야되는거 아닌가?

월림이 의아한 표정으로 텔레비전을 쳐다봤다.

어느 날! 나비와 붕붕이가 만났어요~ 어떻게 만났냐면요!

나비가 땅에 내려왔기 때문이에요!

꽃의 암술과 수술을 옮겨주기 위해

잠시 땅에 내려온 나비가 붕붕이와 눈이 마주쳤어요~

나비가 너무 예뻤어요. 붕붕이가 뀌던

방귀를 잠시 멈출만큼 말이에요~ 붕붕이가 최대한 삐

져나오는 방귀를 참으며

나비에게 인사를 했어요.

"나비야, 안녕?"

그러자 나비가 퉁명스레 대답했어요.

"내 이름을 어떻게 아니?"

"당연히 알지~ 너처럼 생긴 곤충들을

전부 나비라고 부르니까 말이야~"

"뭐라구? 너처럼 생긴 곤충? 너 말 다했니?

나처럼 생긴 곤충이 이 세상에 많단 말이야?"

와우.. 저 나비 성깔 있다. 월림이 속으로 감탄을 했

다.

나비의 화난듯한 말에 붕붕이가 당황을

하는 바람에 그만 방귀가 나왔어요. 참고 뀌는 방귀소

리를 들어본적이 있나요?

- 뿌우우우우우우우우웅~

-_-;; 뭐 이딴 애니메이션이 다있어.-_- 월림이 기겁

을 하며 리모컨으로 텔레비전을 껐다.

16. 월림과 민혁의 만남 과거편 (회상)

- 퍽, 퍽, 퍽, 퍽

누군가를 치는듯한 둔탁한 소리가 들리고, 소리가 나

는 곳을 바라보면

백금발의 아름다운 머리카락을

허리까지 늘여뜨린 예쁜 소녀가 맞고있다. 타이트하고 짧은 교복을 입은

여자들이 그 소녀를 둘러싸고 발과

나무막대로 때리고 있는 것이다. 그런 폭력에도 성에 차지 않는지

가위로 그녀의 머리카락을 싹둑 짜른다. 잘려진 머리카락을 들고 더럽다는듯

땅에 얼른 버리더니 그녀... 월림의 주위에.. 석유를 뿌린다.

"잘 가, 마녀야."

잔혹한 그녀들.. 나이터를 키려고 하는 순간, 딱 그 순간이었다.

"멈춰."

민혁이 뚜벅뚜벅 그녀들에게 다가갔다.

"선배님 안녕하세요."

월림과 민혁보다 한 살어린 후배들. 그녀들이 허리를 굽히고

민혁에게 인사를 했다.

"이 여자애는 누구야?"

민혁이 땅바닥에 쓰러져있는

월림을 발 끝으로 툭툭 치며 물었다. 그러자 월림이

뜨끔 움직였다.

"그게... 채화 선배님이

마음에 안든다고.."

"채화가 싫어하게 생겼군."

채화는 자신보다 예쁜 여자를 싫어한다. 소문이라면 익히 들은 적이 있다. 허리까지 닿는 백금발머리를 한.. 마치 가상세계에나 있을것 같은 여자가 있다고.

"야, 너 이름이 뭐야?"

민혁이 월림을 발 끝으로 툭툭 치며 물었다. 그러자 월림이 눈을 게슴츠레 뜨더니 대답했다. 눈동자 색깔이 옅은갈색이다.

"시....림..."

"뭐라고?"

"신..월림..."

이름도 예쁘다. 민혁이 쓰러진 월림 앞에 쭈그려 앉았다.

"신월림. 나랑 친구할래?"

민혁의 말에 채화의 후배들이

당황한 표정을 지었다.

월림이 희미하게 미소 짓더니 대답했다.

"..응..."

월림의 대답을 들은 민혁이

월림을 안아들었다.

"저, 저기! 민혁 선배님!"

다급하게 채화의 후배들 중 한명이

민혁을 잡아세웠다.

"왜?"

"그러시면 안되는데... 신월림은.. 알비노왕따라고 소문
이

자자한데다.."

"신월림 뒤에 선배님 붙여."

"네..?"

"말 못알아들어?

신월림 이름 뒤에, 선배님이라고 하라고."

어리벙벙해진 채화의 후배들을

등지고 말없이 월림을 안아들어

어디론가 향했다.

"근데 너 머리카락 다 어디갔어?"

월림을 허리까지 닿는 머리카락으로

알고있던 민혁이 물었다. 그러자 월림이 안겨있는 상
태에서

어정쩡하게 뒷머리를 만져보더니 말했다.

"걔네가 잘랐나봐."

아무렇지않은 표정으로 대답하는 월림.

월림의 머리카락은 어깨까지 닿는

단발이 되어있었다. 앞머리 있는 단발이라... 민혁은 조

금 아쉬웠지만 애써

티내지않고 월림의 집이 어딘지 물었다. 자신의 연락처를 알려주고, 집까지 바래다주고

그 일을 계기로 둘은 친해지게 되었다. 민혁과 월림이 친해졌다는 것을

안 채화는 더욱더 악랄하게 월림을 괴롭혔다. 자신의 마음이 짓밟혔다.

17. 채화의 과거 (회상)

중학교 입학식. 그때의 채화는 학교에 널리고 널려있는

범생이처럼 생긴 여학생이었다. 큰 안경에 황인종 피부, 목덜미가

약간 드러나는 단발머리. 펑퍼짐한, 무릎밑까지 오는 교복치마. 넉넉한 마이. 입학식에 늦은 채화가 정신없이

달려가다 어떤 한 남학생과 부딪혔다.

"미안..!"

채화가 올려다본 남학생의 얼굴은.. 잘생김 그 자체였다. 민혁이 듣는둥 마는둥 하더니

대답도 안하고 가버렸다. 그때부터였다. 채화가 민혁을 좋아하기 시작한것은. 입학식을 치르고 온 채화는

꾸미고 다니기 시작했다.

교복을 줄이고, 화장을 하고, 렌즈를 끼고, 머리가 길

때까지 가발을 썼다. 소위 좀 논다하는 애들과 어울리며 다녔다. 하지만 민혁은 채화를 거들떠 보지도 않았다. 채화는 그게 너무 분했다. 그래서 그의 곁에 있던 여자들을 괴롭혔다. 아무 이유 없이 타고나게 엄청 예쁜

여자애도 괴롭히고 왕따로 만들었다. 그제서야 민혁이 채화를 쳐다보기 시작했고, 채화는 기쁨을 느꼈다. 민혁의 번호도 알아내고, 고백도 수백번 했지만, 채화를 악랄하다 생각한 민혁은

마음을 받아주지 않았다. 그게 끝이었다. 계속 반복되었다. 같은 고등학교가 되고, 같은 학년이 되고,

같은 반이 되어도, 자신의 상황은 바뀌지 않았다. 언제부터인가 사람들의 시야에 항상

잡혀있는 여자애를 알게 되었다. 그녀의 이름은 신월림. 채화는 월림에 대한 나쁜 소문들을

만들어내기 시작했다. 월림이 알비노왕따 라는둥, 몸 전체에 바이러스 체액이 있어

만지면 전염된다는 둥, 마녀 라는둥, 씻지 않는 다는 둥,

채화의 말을 곧이 곧대로 믿는

아이들로 인해 월림은

한순간에 혼자가 되었다. 아주 재밌었다.

자신의 생각대로, 말대로, 민혁빼고 다 되는 세상이 재

있었다. 그리고 어느부터인가, 민혁의 옆에 자리잡고 있는

월림을 발견했다. 분했고 치가 떨렸다. 민혁은 월림을 아주 소중하게 여기고 있었다. 짜증났다. 자신은 5년 동안이나

민혁을 바라봤는데 월림은 단 한순간 만에

민혁의 마음을 앗아가 버렸다. 하지만 그런 덕분에 협박을 해서

민혁과 사귈 수 있었다. 자존심은 상했지만 행복했다.

악녀는, 악독한 여자가 아니라, 슬픈 사랑의 주인공일 뿐이다.

18. 현재

월림의 병실에서 진실게임을 하고

나온 그들은 조금 서먹서먹했다.

"김지율. 아까 한 얘기 뻥인거 알지?"

하민이 지율을 툭 치며 말했다.

"어? 으응.. 생각이 안나네. 뭐였더라? 으하하."

지율이 어색하게 웃으며 대답했다.

병원 밖으로 나온 그들은 각자 헤어졌고, 은결과 민혁이 함께 가게 되었다.

"티나?"

은결이 민혁에게 물었다.

그러자 무슨 소린지 알아들었다는듯

민혁이 피식 웃더니 대답했다.

"응."

"그래? 숨기려고 했는데.. 월림이한테 상처도 줬는데...
잘 안되네. 미안한데 솔직히 얘기해야겠어. 월림이를
좋아하는 내 마음을 말야."

"……."

은결이 싱긋 웃더니 월림이
있는 병원으로 달려갔다. 민혁은 잡으러 갈까 말까 생
각했다. 채화가 사실을 알게 된다면
월림을 가만 안둘것이다. 하지만 만약 그렇게 된다면
월림과 함께 도망가면 되는 일이다.

민혁이 빠른 속도로 뛰기 시작했다. 순식간에 은결을
앞질렀고, 서둘러 월림의 병실 안으로 들어갔다. 하지
만 월림의 병실 안에는 아무도 없었다.

'소녀여, 그대는 왜 그 세계에 있는가?'

월림의 귀에 신성한 여자의 목소리가 들렸다. 푸른 초
원이 마음을 향기롭게 했다.

'왜..요..? 제가 이 세계에 있으면
안되나요?'

'소녀는 본래 달에서 태어났어야 하는 존재. 그 곳에서
태어났으니 인생이 남들보다
힘들고 고달픈 것이다.'

'그럼 제가 어떻게 해야 하나요?'

'도망치거라. 자신을 못되게 군 사람들에게서, 자신에
게 좋게 대해준 사람이라 할지라도
그 기쁨은 얼마 못갈것이다.'
'저는.. 민혁이가 좋아요. 지율이도 좋고, 은결이도 좋
고, 하민이도 좋고, 상아도 좋고, 엄마도 좋고, 동생인
월하도 좋아요.'
'도채화 라는 소녀는?'
'그 애는 저에게 못되게 굴었어요. 덕분에 생활이 힘들
었어요.'
'그 소녀는 자신의 사랑때문에
마음이 많이 상했나보구나. 피하는게 상책이다.'
'도망치려면... 어떻게 해야 하나요?'
'네가 방금 말한 사람들에게
이별을 고하거라. 그렇게 한다면
내가 너를 찾아갈것이다.'
'예? 하지만..!'
월림이 다시 본래 세계로 돌아왔고, 병실 침대에 쿵
떨어져 엉덩방아를 찧었다. 뭐.. 뭐지..?
(더 이상 쓰기가 힘들어서
작가가 판타지로 만들어버림-_-)
"어? 너 어디서 나타났냐?"
월림의 병실 안에서 기대어 서서
기다리고 있던 민혁이 물었다.

"월림아 어디있었어?"

은결도 월림에게 말했다. 이별.. 이별...

더 이상 이런 악독한 인생에서

벗어날 수가 있다. 죽는것도 아니고, 다른 세계에서

행복하게 살 수 있다. 남들처럼 평범하게 살 수 있다.

월림이 작게 심호흡을 하더니 말했다.

"있잖아... 나 너희들하고

그만... 으악!"

침대 끝에 아슬아슬 있던 리모콘이

땅바닥으로 떨어졌고, 그 소리에

놀란 월림이 소리를 질렀다. 하마터면 아까 그 목소리

의 여자인줄 알았네... 월림이 침대에서 내려왔고, 민혁

에게 먼저 이별을 고하려

한발짝 한발짝 걸음을 옮기는데

너무 긴장을 한 나머지 발이 꼬여서 그만.. 철푸덕 앞

으로 넘어질뻔한걸 민혁이

받아서 넘어지지 않았다. 순식간에 월림의 얼굴이 빨

개졌다. 은결이 그들을 쳐다보더니 몰래 나가버렸다.

은결이 나갔다는 것을 눈치챈

월림이 은결에게 먼저 말을 하려고

필사적으로 민혁의 품에서 빠져나왔다.

"야! 야! 신월림! 어디가!"

뒤에서 민혁의 소리가 들려왔지만

월림이 아랑곳 하지않고 은결을 뒤쫓았다.

"은결아! 나 너한테 할말이 있어!"

병원 밖으로 나와서야 은결을
잡은 월림이 말했다. 은결이 놀란 표정으로 뒤를 돌아
보았다.

"그, 그게... 내가 사실 미국으로
이민을 가야 하거든? 그래서 사람들과
연을 끊어야하는데.. 그.. 그러니까... 꼭 그럴 필요는
없지만... 음.. 그게.. 나 때문에 사람들이 피해를 볼까
봐... 그..그러니까.. 저..저..절..."

절교하자. 그 말은 월림에게
엄청나게 어려운 말이었다. 뜸을 들이는 월림을 말없
이 쳐다보던
은결이 월림의 두 팔을 잡고 말했다.

"월림아, 나 너 좋아해."

이렇게 되면 이별을 할 수가 없잖아!

"난 니가 미국으로 이민을 가도
기다려줄 수 있어."

차라리 이게 꿈이었으면... 월림이 은결의 손을 살짝
쳐냈다.

"미안한데 은결아, 난 이 세상 사람이 아니야. 내가 죽
었다는게 아니고, 그 뭐라 해야하나... 아무튼 복잡한게
있거든?

그러니까 날 좋아하면 안돼."

"월림아.. 사는게 너무 힘들어서

맛이 갔나 보구나."

은결이 안타까운듯한 표정으로 월림을 쳐다봤다. 월림
은 아주 미칠 것 같았다.

"민혁이랑 채화랑 사귀잖아. 너랑 나랑 사겨도 아무도
뭐라하는 사람 없어."

"그게 문제가 아니라.. 그게 나는... 내가 죽었다거나
유령이라거나 귀신이라거나

그런 무서운 이야기가 아니고!

나는 아마도 외계인 인것 같아."

"그래그래 알았어. 그럼 나랑 사귀는거다?"

은결이 그 말만 하고 쌩하니 사라져버렸다.

"아,안돼! 은결아! 내 말을 다 듣고 가!"

하지만 야속한 상냥남 은결은

월림의 말을 듣지 못하고 점이 되어버렸다.

월림이 울상을 짓다가 곧 민혁을 생각하고

다시 병원 안에 들어갔다. 병실 안에 민혁이 뚱한 표
정으로

벽에 기대어 서 있었다.

"민혁아! 나 너에게 아주

중요하게 할 말이 있어."

"뭔데? 아, 은결이랑 사귀게 되었으니

축하해달라, 이런 말?"

민혁이 비꼬듯이 월림에게 말했다.

"아니 내 말은 그런게 아닌..."

"듣기 싫어."

그러더니 민혁이 월림의 병실을 나가려고 했다. 급해진 월림이 민혁의 옷자락을 잡았고, 그러자 민혁이 뒤를 돌아 월림의 얼굴을 잡고

입술에 키스를 퍼부었다. 숨을 쉬기 힘들만큼 거칠게 키스를 하는

민혁을 떼어내려고 별 짓을 다했지만

그저 민혁은 계속 키스를 할 뿐이었다. 급기야는 월림이 울기 시작했고

민혁이 월림의 불규칙해진 숨과

뺨에 흐르는 월림의 눈물을 느꼈지만 아랑곳 하지 않았다.

한참 후에야 입술을 떼고 민혁이

월림을 물끄러미 쳐다봤다.

"잊지마. 넌 내 거야. 내 소유물이야."

정신이 멍해진 월림을 내버려두고

민혁이 나가버렸다. 결국 아무것도 하지 못한채 끝났다. 문을 닫고 생각을 하기 시작했다. 어찌해야 좋을까. 월림이 가방 안에 모든 것을 다

담기 시작했다. 자신의 용품들 전부 다. 그리고는 큰

가방을 내려두고

의사선생님이 있는 상담실 진찰대로 갔다.

＊ 상담실

"저 아픈곳도 없고 그냥 퇴원하면

안될까요..?"

그러자 의사의 얼굴에 화색이 돌더니 대답했다.

(월림이 병원 음식을 곱하기로 먹는데다

시도때도 없이 탈출하고 사람들 불러와서

병원을 시끄럽게 함)

"당연히 되죠! 당장 퇴원해도 좋습니다. 정신이나 기분

에 이상은 없나요?"

"네..."

왠 신성한 여자의 목소리가 들린거하고

은결이가 나한테 고백한거하고

민혁이가 나한테 키스한것만 빼면

이상이 없네요.

"좋아요. 그럼 당장 퇴원하도록 하세요."

"네. 감사합니다."

그리고 월림은 큰 가방을 들고

자신의 집으로 향했다.

＊ 월림의 집 802호

"엄마! 월하야! 문 좀 열어봐!

글쎄 의사선생님이 나를 쫓아냈다니까!?"

"그걸 어떻게 믿니? 니가 알아서
나온거겠지!"
"사..사실.. 내가 나오고 싶어서
말을 했는데 1초도 망설임 없이
나가라고 했어..."
"에휴... 사고뭉치... 얼굴과 몸이 여자면 뭐해.. 성격은
선머슴인데..."
엄마가 한숨을 쉬더니 띠리리 소리와
함께 월림의 집 문이 열렸다. 월림이 아싸 하며 집 안
으로 뛰어들어갔다.
"내일부터 학교 갈꺼지?"
월하의 간식바구니에서 포카칩을 꺼내들은
월림이 쇼파에 누워 엄마의 말을
못들은척 했다. 엄마와 월하와는 제일 나중에 이별을
선고할 예정이다. 쫓겨나면 갈 곳이 없으니까 말이다.
월림이 텔레비전을 키고 포카칩을
뜯고 하하하 먹고 하하하 먹고 하하하
거리기 시작했다.
"에휴... 그래.. 마음대로 해라..
19일 동안 집에서 쉬려고?"
"응~ 하하하하하~"
"나도 모르겠다. 니 맘대로 하렴."
그리고 하루.. 이틀.. 삼일.. 사일... 무슨 총알 쏘듯 하

루가 지나갔다. 월림은 속으로 이렇게 시간이

빨리가는건 불법이라고 생각했다.

오일.. 육일.. 칠일.. 팔일.. 구일... 십일.. 십일일.. 십

이일.. 십삼일.. 십사일... 십오일.. 십육일.. 십칠일.. 십

팔일.. 십구일...

그리고 다음 날.

- 일어나지 않으면 화장실에서

분수가 터진다~ 꺄하하하하하~

(알람)

"누구야! 나의 단잠을 깨우는게

대체 누구냐고!!"

월림이 침대에서 버둥대며 소리를 질렀다. 안돼. 이건

말도 안돼.

어김없이 학교에 일찍 온 월림은

졸림을 참을 수 없어 오자마자

가방을 걸어놓고 책상에 엎어져 잤다. 속으로는 자신

이 학교를 너무 빠져서

애들이 욕하지 않을까 생각했지만

다행히 월림을 욕하는 아이는 없었다. 오히려 월림이

학교를 빠져서

더 좋았는데 다시 또 와서 싫다는

그런 얘기를 했다.

월림은 못들은척하고 잠을 잤다.

월림의 옆에 은결이 앉고, 뒤에 민혁이 앉았다.

"월림아~ 일어나. 다음 시간 국어야."

은결이 월림을 흔들며 깨웠다. 하지만 월림은 일어나지 않았다. 그 모습에 뒤에 앉아있던

민혁이 코웃음을 치더니 말했다.

"보나마나 먹는 꿈 꾸느라

못일어나는거겠지. 야! 일어나."

민혁이 뒤에서 월림의 의자를

발로 확 차버렸고, 그로 인해 월림이 번쩍 눈을 떴다.

월림이 스윽 뒤를 돌아 무서운

표정으로 민혁을 쳐다보며 말했다.

"야... 존 말 할때 나 건드리지마라.. 이 누님이.. 지금 기분이 몹시 나쁘거든?"

채화가 기브스를 풀어 있었다. 월림의 기세에 채화가 흠칫 했다. 자신의 팔을 부러뜨릴때의

그 기세였기 때문이다.

"누님은 무슨. 키는 언제 클거냐?

너 160cm 도 안되지?"

"원한다면 너의 그 긴 키를

부셔버릴 수도 있어. 키만 멀대같이 큰 놈..."

하지만 민혁은 그저 싱글벙글 대며

월림을 쳐다볼 뿐이었다. 채화와 함께 있을때는 상상도 못할

밝은 웃음이었다.

"부셔봐! 부셔봐!"

"촐랑대지마. 귀찮아."

그리고는 다시 책상에 엎어졌다. 민혁이 계속 월림을 괴롭혀댔다. 쉬는 시간이 되자 월림이

벌떡 일어나더니 민혁을 보며 말했다.

"야. 옥상으로 나와. 결판을 내자. 다른 애들 끌고 오면 죽어."

그러더니 비몽사몽 잠이 덜 깬

표정으로 옥상에 올라갔다. 민혁이 재밌다는 표정으로 웃더니

옆에서 계속 달라붙는 채화를

떼어내고 옥상으로 올라갔다.

민혁이 옥상에 올라가자

월림이 몸을 풀고 있었다.

"너 나랑 1대 1로 결판내서

내가 이기면 나 괴롭히지마. 알겠어?"

"내가 이기면 키스. 콜?"

"콜. 그 놈의 주둥아리를

내가 박살내줄께."

월림이 비웃더니 손과 발을

이용해 현란하게 구타하기 시작했다. 민혁이 처음에 아무런 공격도 하지

않더니 서서히 공격을 하기 시작했다. 그러자 월림이
주춤주춤 뒤로
물러났고 월림의 등이 벽에 닿았다.
"내가 이긴거 같은데?"
민혁이 말했다. 월림이 입술을 깨물더니 민혁을
있는 힘껏 밀어버렸다. 예상치 못한 공격에 민혁이
뒤로 넘어졌고 그 틈을 타
월림이 민혁의 배를 발로 짓눌렀다.
"아니야. 내가 이겼어."
월림의 말에 민혁이 어이없다는듯
웃더니 대답했다.
"그래. 내가 졌다. 인정."
19. 미리보기
결판을 낸 후로 민혁은 월림을
괴롭히지 않았다. 덕분에 월림은 편하게 수업을
들을 수가 있었다. 채화도, 아이들도 더 이상 월림을
예전처럼 하대하지 않았다. 월림은 차라리 그냥 이별
을
하지 않고 계속 이 곳에서
사는 것도 나쁘지 않다고 생각했다.
과학시간. 과학책을 꺼내둔
월림이 과학책을 펼쳤다. 그러자 월림이... 과학책 안으
로 빨려들어갔다.

월림이 눈을 뜨자 보이는건

우리 반 아이들의 정수리들이었다. 은결도, 민혁도, 아이들도, 전부

같은 자리에 앉아있는데

자신의 자리에 다른 아이가 앉아있었다. 자신과 비슷하게 생기지도 않은, 평범한 여자아이였다.

'이제 이해가 가니?'

신성한 여자의 목소리다. 월림이 고개를 끄덕였다. 자리가 바뀐것이다. 자신이 있어야 할 달에는 저 평범한 아이가 있을것이고 자신처럼

사람들에게 멸시를 당했을것이다. 쉬는시간이 되자 평범한 여자아이가

일어나 아이들과 함께 즐겁게 놀았다.

은결과 민혁과 지율과 하민과 은결과도 놀았다. 채화와 그 무리하고도 놀았다.

'신윤진! 어디가!'

민혁이 평범한 여자아이와 잡기놀이를

하며 말했다. 저 아이의 이름이 신윤진 인가보구나.. 자신은 잊혀졌다. 없는 사람... 월림은 왠지 눈물이 날 것 같았다.

'네가 있어야 할 곳을 보겠니?'

'네...'

그러자 공간이 바뀌었고, 달이었다. 월림과 똑같은 색

깔의 사람들이

단지 생김새와 성별과 그 밖

조금씩만 다를 뿐 비슷했다. 월림이 있었다. 월림의 주

위에 아이들이 있었고

그들은 달토끼를 소집해서

떡방아를 찧었다. 월림도 그들과, 달토끼들과

함께 떡방아도 찧고

학교도 가고

꽃도 키우고

달에 있는 멋진 남자도 만나고

행복해보이는 모습이었다.

'포기하지 마렴.'

그러더니 사라졌다.

월림이 눈을 뜨자 느껴지는건

이 곳이 보건실이라는 거였다.

"괜찮아? 얼마나 놀랐는데."

은결이 온화하게 웃으며

월림을 보고 말했다. 월림은 눈물이 날것 같았다.

"은결아.. 있잖아..."

"응?"

"만약 네 기억속에서

내가 지워진다면... 어떨 것 같아?"

은결이 곰곰히 생각하더니 말했다.

"아무 느낌도 없지 않을까?

기억이 지워졌어도 잘 모를것 같아."

그러겠지. 모르겠지. 월림을 잊고 살 것이다. 월림이 이내 결심한듯

은결에게 말했다.

"은결아. 점심 먹고 난 후에... 민혁이하고 너하고 지율이하고

하민이 좀 옥상으로 불러내줘."

"그래, 알았어."

월림의 표정이 어두워졌고 은결과

함께 교실로 향했다. 월림은 점심시간이 되자마자

도서관으로 도망쳤다. 점심을 먹지 않았다.

* 옥상

"너 오늘 밥 안먹었지?

쯧쯧, 야 먹어."

아이들이 옥상에 모여있었다. 민혁이 월림에게 빵을 주었다.

"아.. 고마워..."

월림이 빵을 받아들기만

하고 먹지는 않았다.

"할 말이 있어.. 민혁아, 지율아, 은결아, 하민아, 너희에게 난 어떤 존재일지는 몰라도

난 너희가 내 소중한 친구라고 생각해. 하지만... 나

때문에 다른 사람이
피해를 입는건 싫어.
그러니까.. 절교하자."
그 말만 하고 월림이 벌떡 일어났다. 민혁에게 다시
빵을 돌려주고
도망치듯 옥상을 빠져나오려 하던 때였다.
"어째서야."
민혁의 목소리가 들리고
월림의 발걸음이 멈추는건 어쩔 수 없었다.
"그냥.. 너희가 싫어졌어."
"거짓말 하지마."
"진짜야! 앞으로 아는척 하지 말아줘. 내 미래는.. 이
별이야. 그것만 알고있어줘... 안녕."
그리고 월림이 서둘러 옥상을 빠져나왔다.
옥상계단을 내려가는데 누군가 붙잡았다. 뒤돌아보지
않아도 알 수 있었다. 지율이었다.
"우리집에 놀러오겠다고 했었잖아."
"미안해."
"처음에 니 목소리듣고
노래 부르면 좋겠다고 말했었잖아.. 안 들려줄꺼야?"
"그거... 불러줄께.."
월림은 당장이라도 눈물이 나올것
같았지만 꾹 참고 노래를 부르기 시작했다.

"오늘 하루.. 행복하길... 언제나 아침에 눈뜨면 기도를
하게되... 달아날까.. 두려운 행복 앞에...
널 만난건.. 행운이야.. 휴일에 해야할 일들이 내게도
생겼어.."
"봐봐.. 이렇게 잘 부르잖아."
이 아이들을 놓치면, 평생 후회할것이다. 월림은 느꼈
지만 지율을 떼어놓고
미친듯이 뛰었다.
그리고 교무실로 갔다. 담임선생님께 부탁을 해서
조퇴허락을 받았다. 월림은 가방을 매고 운동화로
갈아신고 학교를 빠져나왔다. 학교를 완전히 떠나려는
데... 추억이 생각나서 뒤를 돌아보았다. 힘든 일도 많
았지만
좋은 일이 더 많았던 추억. 학교.
월림이 희미하게 웃고는
핸드폰을 꺼내들고 상아에게
전화를 걸었다.
"여보세요?"
"상아야! 놀자~"
"왠일이래. 그래 알겠어!
떡볶이집에서 만날래?"
기분이 꽤 좋은가 보군.
"아니! 너네 치킨집에서

만나는게 좋은데?"

"싫은데.. 어쩔 수 없지. 그럼 우리 치킨집에서 봐!"

전화를 끊은 월림이 울상을 지었다. 하지만 어쩔 수
없다.

월림이 다시 마음을 다 잡았다.

20. 되돌아가다

* 공룡모양치킨

"돈 내고 먹을게."

월림이 지갑 속에서 만삼천원을
꺼내었다.

"안내도 되는..."

"어이구! 고마워라!

우리 상아하고 계속 친하게 지내렴~"

상아의 아빠가 월림이 테이블
위에 올려놓은 만삼천원을
얼른 가져가며 말했다.

상아와 월림이 치킨을 먹기 시작했다. 먹을 때는 말이
정말 없다.

"있잖아.. 월림아, 너랑 내가 십년 친구잖아..."

"응."

"그래서 알 수 있어.. 그냥 짐작같은걸로. 너 나한테
끝내자는 말 하러온거지."

"응... 미안해.. 상아야."

"...치킨 참 맛있다. 그치?"

월림이 상아를 쳐다봤다.

상아가 눈물을 억지로 참고있었다. 특히나 추억이 많은 너와 나... 월림과 상아가 치킨을 먹으며 엉엉 울었다.

"이유가 뭐야..?"

"되돌아가야 하거든.. 걱정마. 니 곁에 나처럼 함께 있는

십년친구가 있을테니까."

"왠지 나는 그 친구가 별로 일것 같아.. 니가 그리울거 같아..."

"미안해..."

"있잖아.. 니가 최민혁하고 알잖아... 사실 내가 좋아해서 고백한 애가 민혁이었어.. 걔가 말하더라.. 좋아하는 여자가 있다고... 니 핸드폰에 그 애 전화번호가 있는걸보고.. 널 좋아하는 거란걸 알았어...

그래도 난 니가 떠나가지 않는다면

내 짝사랑 같은거.. 버릴 수도 있어... 그러니까.. 응..?"

"이 바보야.. 저번에 니가

못생긴애가 깡다구만 있다고 꺼지랬다고

했다고 그랬잖아..."

"그 뒤에 붙인 말이지."

"왜 그 말은 안했어?"

"나에게 희망이 있었으면 좋겠어서."

월림과 상아가 웃었다. 하하하하.. 하하하하하!

"잘 살아. 내 친구야. 너네 치킨집 엄청 잘될거야."

"너야말로 잘 살아."

"그럼 이제 진짜 안녕..."

"..응..."

그리고 월림은 그 가게를 빠져나왔다.

초등학교 1학년때 처음 상아가

월림에게 말을 걸었다. 상아의 친구들과 상아와 아바
타

스티커놀이도 하고 딱지치기도 하고

즐겁게 놀면서 친해졌다. 월림은 상아와 친해지기 시
작했을

때부터 알아봤다. 영원한 친구라고. 다른 친구들은 모
두 흩어졌지만.. 상아와 월림만은 그대로였다. 자신에
게 늘 항상 웃어주었던 상아.. 밝은 목소리로 월림의
이름을

멀리있더라도 불러주었던 상아..

중학교 때.. 난생 처음 자기가

립밤을 샀다며 자랑한 상아.. 함께 있었던 많은 날들...

서로 의지가 됐던 날들..

월림이 힘없는 걸음으로 집에 돌아왔다. 집에는 엄마

와 월하가 있었다.

"누나! ..어? 누나 왜그래?

어디 갈 사람처럼..."

"월림아 왜그러니?"

"있잖아.. 나... 진짜 안녕해야될꺼같아."

"...그게 무슨..."

"..안녕..."

21. 내 마음속에 영원히

월림의 마지막 말에 월림의 몸이

공중으로 떠오르더니 팟 하고 사라졌다. 그리고 대신

윤진이 나타났다. 그들의 기억은.. 월림대신 윤진이 메

꾸었다. 월림의 기억은 지워졌다.

"누나! 나 초콜렛 사줘."

"그래그래. 알았어."

"어? 이상하네.. 평소 같았으면

싫다고 할텐데..."

월하가 고개를 갸우뚱 하며 말했다.

"그게 무슨 소리니?"

윤진이 어리둥절 한듯 물었다.

"우리 누나는.. 항상 그랬거든. 내가 아무 이유없이 과

자 사달라고 하면... 싫다고.. 자기 용돈 다 털린다고..

지갑에 절대 손대지 말라고.. 약점 잡아서 사달라고 하

면 어쩔 수 없이 사줬었는데.. 몰래 내 간식바구니에서

간식 빼가고 먹고 그랬었는데..."

월하가 울먹울먹 거리며 말했다.

"내가 니 누나잖아. 머리가 좀 아파서... 그렇게 못했
나봐. 미안해."

"응. 누나..."

월하의 마음속에.. 월림의 행동과 말들이

하나하나 들어있었다.

다음 날 학교

윤진의 옆자리에 은결이 앉았고

뒷자리에 민혁이 앉았다. 어김없이 민혁이 뒤에서 괴
롭혔다. 그러자 윤진이 미소를 머금더니

휙 뒤를 돌아 민혁을 바라보며 말했다.

"하지마~"

그러더니 다시 앞을 보고 킥킥 댄다. 민혁은 뭔가 아
니라는 듯한 느낌을

받았고 더 이상 괴롭히지 않았다. 윤진의 주위에 친구
들이 모여들었고

윤진이 웃으며 교실 밖으로 나갔다.

"원래 내 앞자리가.. 신윤진 이었어?"

민혁이 은결에게 물었다.

"그게 무슨 소리야?"

"모르겠으면 됐어."

앞자리에 있는 여자애에게 호감이

갔던것 같은데.. 애정이 갔던것

같은데.. 이상하게 오늘은 그렇지가 않다. 민혁이 이상

함을 느끼며 학교생활을 했다.

채화와 민혁은 친했지만 채화가 민혁을

좋아하지는 않았다. 민혁을 좋아하는 감정이 점점 무

뎌져

그저 그냥 친구로 지내게 된 것이다.

학교 옥상.

지율과 민혁이 얘기를 나눴다.

"넌 뭔가 이상함을 안느껴?"

민혁이 지율에게 물었다.

"아니. 나도 느꼈어. 윤진이라는 애... 뭔가 수상해."

지율이 말했다.

"너도 알지. 내가 4반에 있는

여자애를 좋아해서 자리 바꾼거. 근데... 신윤진이 아니

었던거 같아. 이런 말 하기 오글거리지만.. 심장이.. 반

응을 안해."

"윤진이 목소리... 언젠가 내가 들었던 그 목소리가 아

니야. 나한테 노래를 들려줬던거 같은데..

무슨 노래였더라..."

지율이 기억이 안나는듯 인상을 찌푸렸다.

"아! 그 노래였어."

"무슨 노래?"

"아름다운 구속 있잖아. 오늘 하루~ 행복하길~ 언제나
아침에 눈뜨면 기도를 하게되~ 달아날까 두려운 행복
앞에~"

"그게 뭐?"

"나도 잘 모르겠어.. 그냥.. 이 노래에 대한
추억이 있었던거 같아."

민혁과 지율이 풀리지 않는 미스터리를
고민하다 종이 울리자 교실로 내려갔다.
상아가 오랜만에 놀고싶어 오래된
친구를 불렀다.

"여보세요? 윤진아!"

"응~ 왜?"

"떡볶이집에서 만나자!"

"무슨 떡볶이집?"

"몰라? 우리가 맨날 같이
먹던 곳 있잖아.."

"미안. 까먹었다. 헤헤.."

"룰리떡볶이집 말야."

"알겠어!"

"아니다. 너 그냥 우리
치킨집으로 올래?"

"우리 치킨집이라는 곳도 있어?"

"아니, 그게 아니라.. 나 치킨집 딸이잖아. 그세 잊어

먹었어?"

"하도 못봐서 까먹었나봐~"

"하도 못보다니... 그게 무슨소리야. 너랑 나.. 언젠가 이번 달에 만났었잖아."

"내가 너무 바빠서~ 친구를 많이 사겼거든~ 헤헤."

"그래? 그럼 그 친구들이랑 놀아."

기분이 나빠진 상아가 전화를 끊었다. 상아는 뭔가 이건 아님을 느꼈다.

22. 공백

월림이 눈을 뜨자 보이는건.. 자신과 비슷하게 생긴 사람들이었다. 이 곳은 학교였다.

"야~ 신월림! 못생긴년."

아이들이 월림에게 떡들을 던졌다. 그러다 뭔가 이상함을 느꼈는지

고개를 갸우뚱 댄다.

"이름이.. 뭔가 이게 아니었던거 같은데..

그리고.. 저렇게 안생겼던거 같은데..."

아이들이 주춤주춤 뒤로 물러났다. 그러더니 달아나버렸다. 월림이 자신에게 철썩같이 붙어있는

찹쌀떡들을 떼어서 냠냠 먹었다. 엄청 맛있다. 지구에서 먹는 초콜렛 들어있는

찹쌀떡이나 무슨 콩고물 묻어있는

찹쌀떡하고는 차원이 다르다. 맛이 엄청나게 오묘하고

뒤섞여있고 생크림같기도 하고

어머나... 월림이 놀라며 자신에게

붙어있는 찹쌀떡들을 모조리 다 먹어치웠다. 그리고는

달아나있는 아이들에게

다가가 말했다.

"야!! 나한테 찹쌀떡 더 던져줘!"

그러자 아이들이 월림에게

찹쌀떡들을 던졌고 월림이 뛰어난

스피드로 다 받아서 냠냠 먹기 시작했다.

"엄청 맛있다! 맨날 이런거 먹니?"

신기한 월림에게 끌리는 아이들이

주춤주춤 월림에게 다가갔다.

"너도 맨날 이런거 먹잖아."

어리둥절 하며 한 아이가 말했다.

"어우야 이런걸 맨날 먹으면

행복하겠다~ 갈비맛 찹쌀떡도 있니?"

"갈비? 그게 뭔데?"

"돼지나 소같은거를 잡아서

고기로 만든다음 양념장 넣고

냄비에다 조리는 거야~"

"우리는 그런거 안먹어."

"그렇구나. 찹쌀떡이 어디에 또 있니?"

"달토끼들하고 떡방아를 찧으면

찹쌀떡을 먹을 수 있어."

"정말!? 어딘지 알려주라."

"그. 그래..."

아이들이 월림의 앞에 앞장섰다. 그러자 나무절구에 떡방아를 찧고있는

엄청 예쁘게 생긴 달토끼들이 있었다.

"넌 누구니?"

달토끼가 월림에게 물었다.

"신월림 이라고 해~ 남은 자리 있니? 찹쌀떡을 먹으려고 하는데~"

"저기에 있어."

월림은 그 날 하루종일 떡방아를 찧고

떡을 집어먹고 행복했다. 학교에서 공부하는 것은 지구에

대한 것들이었다. 지구 사람들이 달에 습격해 와서 자신들을 멸종해 버릴 수도 있기

때문에 잘 배워둬야 한다는 것이었다. 그런데 달의 연구원들이 밝힌 바로는

지구인들의 눈에 달 사람들은

보이지않는다고 한다. 와우.. 그런 거였구나.

월림이 속으로 감탄을 내뱉었다. 월림은 친구들이 아주 많이 생겼다. 굳이 세자면 오십명은 거뜬히 넘는다 해야하나?

자신을 좋아해주는 남자도 만났는데
뭔가 느끼하게 생겼다. 달에 있는 남자들은 하나같이
다
느끼하고 떡 방아 안찧게 생겼다. 백금발 머리에다가
눈 색깔은
가지각색 피부 색깔은 하얀데다
분홍빛이 약간 감돌고 빨간 입술
얼굴은 작고 몸집은 왜소하고
남자같지가 않다.
떡방아 찧는 남자가 진짜 별로 없다. 거의 다 연구원
이나 선생님이나
절구와 절굿공이를 만드는 일을 한다.
달에 있는 사람들은 집이란게 없다.
달의 구멍 안에 사람이 안자고있으면
그 안에 들어가 자는 것이 전부다.
재미있고, 복잡한 것도 없고, 좋긴 하지만... 뭔가.. 기
계적이다. 친구에게 물어봤다.
"맨날 이렇게 똑같은 일과로 사니?"
"그게 무슨 소리야?"
"아니.. 학교 말고 병원이라던가
노래방이라던가 오락실이라던가
슈퍼마켓이라던가 그런건 없어?"
"없어. 그게 다 무슨 단어들이니?

난 처음 듣는데."

"그럼.. 우리가 어른이 되면

학교를 나가도 되는거야?"

"아니? 태어난 순간부터

죽을때까지 학교를 맨날 다녀야해. 언제 지구인들에게

습격을 받을지 모르거든."

"내가 보기에 지구인들은

달을 습격할 마음이 전혀 없는거 같은데."

"인공위성이라는 것도 있고, 지구인이 우리 달에 발자

국을 찧고

간 이상 선택권은 없어졌어."

"아.. 그래..."

달에 있는 사람들은 왠지 지구인들을

굉장히 불신하고 있는것 같다. 내가 만약 지구에서 왔

다는 사실을

알게된다면 어떻게 될까?

그러고보니 신성한 여자는 어디에 계시지?

"너 혹시.. 신성한 목소리의 여자 알아?"

"신성한 목소리..?

마법을 부리는 여자 말이야?"

"응. 아마도."

"그 분이 계신 곳은 가기 어려워. 달의 구멍 중에서도

제일 깊게

패인 구멍 안에 계시거든."

"거기가 어디니? 알려줘."

"알겠어. 날 따라와."

윌림이 친구를 따라갔다. 아주 깊히 패인 구멍이 있었
다.

"이 곳이야. 사람들 거의 다

아니까 알아두는게 좋을꺼야."

"응. 고마워! 이제 그만 가봐."

"혼자서 괜찮겠어?"

"응~ 걱정 마!"

"그럼 난 달토끼들하고

떡방아 찧고 있을게. 오고싶으면 와."

"으응~"

곧 친구가 가버렸고 윌림이

아무도 없는지 주위를 휙휙

둘러보더니 그 구멍 안으로 빠져들어갔다. 구멍 안은
미로 같은 곳이었다.

"신성한 여자분.. 어디계신가요.. 저 신윌림인데요..."

어두컴컴하고 이상한 냄새가 나는

달의 구멍미로는 아주 무서웠다.

"오우- 드디어 날 찾아왔구나."

빛이 번쩍 하더니 금방

미로가 눈 앞에서 사라졌다. 깊은 구멍과 미로는 환각

이었던 것이다.

월림이 신성한 여자의 생김새를

쳐다보았다. 하얗고 긴 드레스에, 연분홍색의 긴 웨이브 머리카락, 연분홍색의 눈, 하얀 피부, 작은 얼굴, 왠만한 미인들 다 저리가라 할 미인이었다.

"예.."

"내 이름을 밝히자면 리옌이란다. 자- 그래서 용건이 뭐지?"

"딱히 용건은 없는데... 음.. 마법을 부리신다면서요?"

"그렇지. 마법으로 너와 윤진을

바꿔치기 한거란다. 불만이 있는거니?"

"아니요! 불만은 없지만

이 곳은 복잡한것도 없고.. 조금 심심해서요."

"그럼 내가 마법을 가르쳐줄까?"

"그래도 되요?"

"당연하지."

리옌이 싱긋 미소를 지었고

월림은 마법을 배우기 시작했다.

불꽃을 일으키는 마법, 구멍을 파내는 마법, 떡을 만드는 마법, 옹달샘을 만드는 마법

등 사소한 것들을 배웠다.

"조금 어려운건 없나요?"

시시해진 월림이 물었다.

"공간 마법을 가르쳐줄까?"

"예? 그런것도 되요?"

"처음 내가 너와 만나게 된것도

공간 마법으로 인해서란다. 알려주마."

리옌이 눈을 감고 두 손을 구형태로

모으다가 팔을 옆으로 쭈욱 뻗었다. 그리고 눈을 뜨자

월림이 보았던

푸른 초원의 향기로움이 느껴졌다.

연두색의 예쁜 풀들... 순식간에 공간이 바뀌었다. 리옌

이 눈을 감고 다시 구형태로

손을 모으자 공간이 다시 달로 바뀌었다.

"공간은 니가 만들어야 한단다. 생각에 니가 원하는

공간을 하나하나

새겨놓고 마법을 부려야 해. 혼자 있을 수도 있고, 누

군가를

끌어들일 수도 있단다."

"네. 해볼게요."

내가 원하는 공간.. 엄마와.. 월하와.. 상아와.. 민혁이..

지율이.. 은결이.. 하민이.. 리옌.. 모두를 끌어들일 수

있는 공간... 숨 쉴 수 있는 바닷속은 어떨까?

월림이 언젠가 보았던 바닷속의 풍경을

생각해내기 시작했다.

예쁜 해초들, 말미잘, 불가사리, 곳곳에

숨어있는 작고 귀여운 물고기들, 작은 돌들... 파랗고 청량한.. 숨을 쉴 수 있는 바다. 월림이 손을 옆으로 쭉 뻗고 눈을 떴다. 그러자... 자신이 있는 곳이 달이 아닌

바다로 바뀌었다. 숨을 쉴 수 있었다.

"신기하죠?!"

월림이 신난 표정으로 말했다. 곧 두 팔을 내리고 바닷속을 걸어다니기

시작했다. 뛸 수도 있었다.

"그래. 신기하구나."

리옌이 웃으며 사방팔방을 돌아다녔다. 그렇게 놀다가 리옌이 한쪽 팔을

들어올리고 검지손가락으로 물을

한번 퉁 튕기자 공간이 달로 돌아왔다.

"마법을 굉장히 잘 배우는구나. 너처럼 발전이 빠른 애는 처음이다."

리옌이 월림을 칭찬하자 월림이

부끄러운 표정으로 웃었다.

23. 소울 메이트 (Soul Mate)

"그래서 말인데... 어려운 마법을 배워보는게 어떻겠니?

나와 함께 말이다."

"진..짜요? 그래도 되요?"

"그렇단다."

월림은 리옌과 함께 마법을 배우기 시작했다. 시간이 어떻게 흐르는지도 모르고.

"수정구슬 마법은 어려우면서 비교적 쉬운 마법이란다."

리옌이 탁자 위에 두 손을 모으고 눈을 감고 주문을 외우기 시작했다.

"어딘가에 있는 보석조각 들이여. 달의 요정을 내 손 위에 담았으니 나를 위해 천리안을 만들어다오."

그러자 보석조각들이 하나씩 하나씩 빠른 속도로 모이더니 작은 구슬이 되었다. 작은 달의 요정들이 작은 구슬에 빛같은 것을 뿌리자 두 손 위에 가득 담길 정도의 크기가 되었다. 수정구슬이 연보랏빛과 분홍빛을 오묘하게 띄며 거울처럼 비췄다.

"우와... 보석조각은 뭐고 달의 요정은 뭐고 천리안은 뭔가요?"

"보석조각은 버려진 보석 수정조각들을 가져다 오라는 것이고 달의 요정은 손 위에 느낌이 와야만 담았다는 것이란다. 천리안은 투시능력으로 먼 곳에 벌어지는 일이나 미래의 일을 알 수 있는 능력이지."

"무엇을 알아봐야 하나요?"

"니가 있던 지구에 대해서 윤진이

잘하고 있는지 볼까?"

리옌이 싱긋 웃으며 말했다. 수정구슬의 거울이 그대

로 예쁘게 비춰주었다.

"수정구슬이여, 달의 이웃 지구. 월림이 있던 곳에서

윤진이 잘하고 있는지

너의 투시능력으로 알아봐 다오."

그러자 수정구슬이 환하게 빛났다. 그러더니 윤진이

있는 학교의 풍경이 드러났다. 윤진의 옆에 은결이 있

고, 뒤에 민혁이 있다. 민혁은 앞에 있는 윤진을 괴롭

히지 않고

시큰둥한 표정으로 수업을 듣고 있다. 월림의 결판 때

문일까?

하지만 민혁은 기억을 못할텐데. 월림이 속으로 괘씸

하다고 생각하며

풍경을 바라보았다. 쉬는시간이 되자 윤진이 먼저 은

결과

민혁에게 말을 걸었다. 은결은 웃으며 그렇다고 하는

데

민혁은 여전히 시큰둥한 표정이다. 평범하다.

평범하게 잘 살고 있는 윤진의 모습이었다. 점심시간

이 되자 민혁이 학교옥상으로

올라가 옥상난간에 기대어 서있었다. 주머니에서 담배를 꺼내 입에

무는걸 보고 월림이 순간 욱했지만 참았다. 담배를 피며 민혁이 말을했다.

'어디있는거야... 보고싶은데..'

대체 뭐가 보고싶다는거지? 월림이 어리둥절 했다. 민혁의 손에 빵이 들려져 있었다. 월림이 순간 뜨끔 했다.

'이름이 누구였더라? 신윤진하고 비슷한

이름이었는데... 뭐였지.'

제발 기억하지마. 월림이 기도를 했다. 옥상 문이 열리고 지율이 들어왔다.

'아직도 기다리는거야?'

알 수 없는 그들의 대화. 지율이 민혁을 보고 말했다. 그리고는 민혁 옆에 난간에 기대었다.

'그 애에 대한 노래는 기억이 나는데... 이름만 기억이 안나. 생긴거하고. 참 신기하지? 아, 아니다. 맨 처음 그 앨보고

신비롭게 생겼다고 느꼈긴 했는데?

막 친구되자고 난장판을 부렸던거 같아.'

'여기에서 그 애한테 고백을 했던거 같은데.. 걔한테 내가 넌 꼭 달처럼 보인다고 했거든. 달.. 하면 생각날 거 같은데.. 달을 뜻하는 한자가 뭐지?'

'달? 달을 뜻하는 한자면.. 월 아니야?'

'월이라...'

- 딩동댕동 ♬

점심 종이 쳤고, 다시 교실로 내려갔다. 윤진은 친구들과 잘 지내고 있었다.

'윤진아~ 나 잡아봐! 킥킥킥.'

'그렇게 뛰면 먼지나~ 하하하하!'

교실 안에서 잡기놀이를 하면서 하하하 웃고있다. 저게 언제적 잡기놀이인지.. 하하하. 야간자율학습까지 끝나자, 윤진이 친구들과 함께 하교를 했다. 그러다가 집이 달라 떨어져나가고, 윤진 혼자 월림의 집으로 들어갔다.

'다녀왔습니다!'

'윤진이 왔니? 여기로 와보렴.'

'뭔데요?'

엄마다. 월림의 엄마... 월림의 코가 괜히 훌쩍이는걸 느꼈다.

'글쎄~ 화장품을 세일한다는거 아니겠니?'

'저는 그런거에 관심이 없어서...'

'우리 딸이 언제부터 존댓말을 썼지?

뭐 나야 좋지만~ 엄마가 많이 사줄께!'

'감사합니다.'

'그래그래! 안에 들어가서 쉬렴!'

'네.'

윤진이 월림의 방에 들어가자 월림의 엄마가
세일 전단지를 내려놓고 한숨을 내쉬었다.

'기분이 뭔가.. 뻥 뚫린거 같지 않다니까... 어휴.. 어
휴...'

월림의 엄마가 명치를 손으로 팍팍 쳤다.

'월하의 이름.. 분명 돌림자 월을 썼는데
우리 큰딸 이름이 왜 윤진일까? 알 수가 없어.'

하나같이 전부다 의심을 하고있는듯 했다. 이상하다?
기억을 지웠다고 했는데?

월림이 멈추는 마법을 써서 천리안을 멈추었다.

"리옌님. 이상해요. 기억을 분명히 다
지우셨다고 했는데 의심을 하고 있잖아요."

월림의 말에 리옌이 말했다.

"소울 메이트 인가 보구나."

"소울...메이트요?"

"그래. 마법으로 기억을 지워도
너와 깊은 인연이 있는 사람은
마음속에 너의 여운이 남는단다."

"그럼 저들은 평생 저를
그리워하며 살게 되는 건가요?"

"그렇게 되는거지. 이름도, 얼굴도
기억이 안나는 너를 마음이

기억하는 거니까 말이야."

"그런게 어딨어요..."

월림이 울상을 지으며 말했다.

"너무 슬퍼하지 마렴. 저들에게 돌아가고 싶으면
바꿔치기 마법과 기억을 지우는
마법과 색깔을 바꾸는 마법을 배우면 된단다.
모두 고도의 마법들이지... 몇 년을 걸쳐야 배울 수 있
는.."

"방금 배웠던 공간 마법에
친구들을 끌어들일 수는 없나요?"

"그러기 위해서는 지구에 가야 해. 순간이동 마법은
아주 어려워. 특히나 달에서는 지구와의 왕래를
금지하기 때문에 순간이동 마법을
포탈 마법이라 칭하며 봉인되기도 했었지."

"지금은 금지가 아닌가요?"

"금지이긴 하지만 식량이 떨어지자
다른 행성으로 가서 식량을 구해와야
하니까 순간이동 마법의 봉인을 풀기로 했지. 지구로
가는 마법의 주문은 아주 알기 힘들었어."

"알려주세요."

"투명인간 마법부터 배워야 한단다. 그들의 눈에 띄면
너의 경험처럼 경멸을 당하니까 말이야."

리옌이 부드럽게 웃으며 말했다. 리옌이 두 손바닥을

맞대고 약 2초동안 있자

손이 투명해졌다. 투명해진 손바닥을 서로 떼고

갑자기 손바닥을 세게 치는듯 하더니 사라졌다. 소리

도, 모습도, 완전히 투명해졌다.

"어디계세요?"

월림이 어리둥절한 목소리로 말했다. 그러자 리옌이

다시 월림의 앞에 나타났다.

"너도 한번 해보렴. 두 손바닥을 맞대고

투명한 물을 생각해야해. 그러면 될꺼란다."

월림이 리옌의 말대로 했다. 약 2초동안 그러자

월림의 손이 투명해졌다. 월림이 놀란

눈으로 리옌을 쳐다봤다.

"완전히 투명해지겠다는 생각으로

두 손바닥을 짝! 치렴."

리옌의 말대로 월림이 두 손바닥을 짝! 쳤다. 소리와

함께 자신의 모습이 어디론가 빨려들어가는

듯한 착각이 들었다. 리옌이 싱긋 웃더니 월림의 모습
을

중지와 엄지로 탁 튕겼다. 그러자 다시 원래모습으로

돌아왔다.

"니가 다시 원래대로 돌아오기 위해서는

마법이라는 환각에서 깨어나겠다는 생각으로

마법 속에서 손가락을 튕겨내야해."

"네~"

"지구 말고 다른 행성에 갈때는

투명인간 마법을 쓰면 안된단다.

예의에 어긋나니까 말이야. 그럼 가볼까?"

리옌이 검지손가락을 쭈욱 뻗어

둥글고 큰 원을 그렸다. 그리고 원을 검지로 툭 건드

리자

하수구 뚜껑처럼 조금 빠진듯 했다. 조금 힘을 줘서

건드리자 원이

완전히 빠졌다.

마치 블랙홀 처럼 안이 어두웠다. 조금 주저하는 월림

의 손을

붙잡고 리옌이 안으로 뛰어들었다. 그녀들이 사라지자

순간이동

마법이 빠른속도로 수축되어 사라졌다.

월림과 리옌이 도착한 곳은

어느 작은 행성이었다. 아무도 없었다.

"이렇게 작은 행성이라니... 좀 더 커보이게 꽃을 심어

볼까?"

리옌이 한 손을 번쩍 위로 들더니

무언가를 잡듯 손을 오므렸다. 그리고 가운데에 손을

멈추더니

손을 확 폈다. 리옌이 행성에서 발을

떼고 날고 있었다. 곧 월림도 그대로 했고, 날았다. 리
엔이 손에서 바구니를 만들더니
바구니 안에서 빛같은 무언가를
뿌리며 행성을 날아다니기 시작했다. 곧 바구니를 집
어넣고 물뿌리개를
만들더니 뿌리고 다니기 시작했다. 행성과 똑같은 색
깔의 꽃들이
무럭무럭 크더니 금방 다 자랐다.

"헤헤헤헤헤."

리엔이 헤헤헤 웃었다.

"그런데 마음대로 이러면
안되는거 아닌가요?"

"아아. 상관없어~ 상관없어~ 지구로 지금 갈래?
구경만 하다 오는거야."

리엔이 투명인간 마법을 부렸고
월림도 투명인간 마법을 부렸다. 원같은게 툭 떨어져
나왔다. 리엔이 들어갔고 월림도
서둘러 들어갔다. 그녀들이 사라지자 원같은것과
함께 마법이 빠르게 수축되어 사라졌다.

* 시내

월림이 살던 곳의 시내였다. 한참을 나돌아다니며 알
고있는
사람들을 찾는데 상아가 보였다.

'상아야!'

목소리를 냈으나 안에서만 들렸다. 할 수 없이 그냥 월림은

상아를 쫓아가기로 했다.

"그렇다니까. 걔랑 나랑 10년친구인데

갑자기 나를 완전히 모르는것처럼

행동하는거 있지?"

학원에 들어간 상아가 친구로

보이는 여자애에게 말을 하기 시작했다.

"진짜? 대박이다. 혹시 기억상실증

걸린거 아냐?"

"글쎄? 그런걸지도 몰라. 원래 그런 애가 아니었는데... 성격도 좀 변하고. 이름도 좀 변한거같고, 생긴것도 좀 변한거같아."

"걔가 그렇게 대하니까

그렇게 느껴지는거겠지 뭐."

"그렇겠지?"

상아를 모르는 윤진이 결국 무언가를

실수했나보구나.

"어디서 좋은 냄새 안나?"

갑자기 상아가 월림이 있는 방향으로

코를 킁킁 거리기 시작했다.

"무슨 냄새?"

"몰라. 페브리즈 냄새 같기도 하고.. 피죤 냄새 같기도
하고.. 방향제 냄샌가?
어쨌든 좋은 냄새가 나."
"하긴. 그런거 같기도 하고... 개코다. 개코. 낄낄낄."
"뭐라구!? 하하하. 맡아볼래요?"
"아니요~ 사양할께용~"
상아가 친구와 함께 투닥투닥 거리며
재미있게 지냈다. 곧 학원 선생님이 들어오시자
정색을 하고 책을 꺼내들고
강의를 들으며 공부를 하기 시작한다.
자신을 향해 코를 킁킁 거리던 상아를
곰곰히 생각하던 월림이 생각해냈다.
'아까 리옌님과 함께 작은 행성에
꽃을 심었지! 그 꽃냄새가 몸에 스며든거야.'
월림은 투명인간 마법이 모습과 소리를
숨길 수 있어도 냄새는 숨기지 못한다는것을 알았다.
24. 마법소녀!
월림은 곧이어 상아가 있는 학원을
빠져나왔다. 다른 사람들과 부딪치지 않게
조심조심 걸었다. 그러다 답답해져서 뛰기 시작했는데
어떤 사람과 부딪쳤다.. 투명인간 됐다고 너무 믿었나
보다.
'죄송합니다.'

입으로 말해봤자 모양으로 삼켜지는

말을 반사적으로 한 월림이

부딪친 사람을 스쳐지나가려 했다. 그런데!

부딪친 사람은.. 민혁이었다. 민혁이 이상하다는 표정
으로

어깨를 툭툭 털더니

은결과, 하민과, 지율과

시내를 걷기 시작했다. 투명인간 마법은 모습과 소리
만 감추는구나. 느낌과 냄새는 감추지 못한다 이건가.
월림이 심호흡을 하고 그들을 뒤쫓아갔다. 그들은 야
자를 하지 않고 온듯 했다. 근데 윤진은 어딨지?

이것들이 나대신 대타로 간 윤진을

잘 데리고 있어줘야 할것아냐!

"야.. 나 기분이 이상해."

민혁이 아이들에게 말했다.

"뭐가?"

"아니.. 아까 나 누구랑

부딪친거 같았는데 아무도 없어."

"광속의 속도로 도망갔나보네."

"그런가?"

그들이 아무 의심없이 오락실

안으로 들어갔다. 월림은 오락실 앞에 있는 인형뽑기
기계를 발견했다.

귀여운 인형들이 가득했다. 아싸!

월림이 마법으로 동전을

만들어 안에 집어넣었다. 그리고 인형뽑기를 하기 시

작했다. 계속 하는데도 인형이 안뽑히자

마법으로 조종해서 원하는

인형을 뽑았다. 월림이 너무 기분이 좋아서

인형을 얼싸안고 .. 인형에게 투명인간 마법을

거는것을 깜빡했다. 물론 투명인간 마법은

인형에겐 통하지 않지만 말이다.

월림이 귀여운 펭귄인형을

품에 안고 오락실 안에 들어갔다.

"저기 봐봐!

인형이 공중에 떠있어!"

어떤 사람의 말에 사람들이

모두 월림을 쳐다봤다. 이런. 월림이 들고있던

펭귄인형을 툭 떨어뜨렸다.

"꺄아악!! 이 오락실 뭐야!"

사람들이 기겁을 하며 오락실 밖으로

서둘러 나왔다. 자신을 향해 사람들이 돌진해

오는 탓에 월림이 오락실

구석으로 재빨리 들어가 쪼그렸다. 민혁과 애들도 갔

나..?

오락기계 뒤에 숨은 월림이 흘끗

고개를 빼고 오락실 안을 쳐다봤다.

"뭐해! 민혁아 너도 빨리 나와!"

지율이 서둘러 민혁을 불렀다. 은결과 하민도 민혁을
쳐다봤다.

"너 누구야? 빨리 나와."

"그게 무슨 소리야 너?"

하민이 민혁에게 물었다. 민혁이 월림이 있는 쪽으로
다가오기 시작했다. 월림이 슬금슬금 잡히지 않게
옆으로 이동했다. 그러나 야속하게도 민혁이
월림의 팔을 잡아버렸다.

"너.. 신월님이지?"

신월님은 대체 누구다냐.

흥부가 기가막혀 흥부가 기가막혀

흥부가 기가막혀~ 얼쑤!

월림이 민혁의 손을 탁 쳐내고
오락기계 뒤에서 빠져나왔다.

"..유령이 된거야?"

아니거든!!! 월림은 아주 기가막혔다. 냄새가 나고 살결
이 느껴지는 유령이 어딨니?

월림이 마법 속에서 빠져나오려고
검지손가락으로 자신의 배를 툭 튕겨냈다. 그러자 투
명인간 마법이 걷히고

월림의 모습이 나타났다. 오락실 밖에서 보고있던

지율과 하민과 은결이 놀란표정을 지었다.

"잘 기억해둬. 아니다. 기억을 하지마!

내 이름은 신월님이 아니라 신월림이야.

너네반에 신윤진이라고 있지?

그 애에 대해서 더이상 의구심을 갖지

말고 앞으론 윤진이와 친하게 지내도록 해. 알겠어?"

월림의 말이 끝나자 민혁이 월림을

지그시 쳐다보더니 난데없이 껴안았다.

"신월림.. 나 널 보는 순간

안에서 불꽃이 피어올랐어."

"뭐 어쩌라구?"

"놓치기 싫어."

월림은 순간 자신이 투명인간 마법을

푼 것이 잘못된 일이란 것을 알았다. 리옌을 찾아야

하건만 어디에

있는지 모르겠다.

"저,저기.. 난... 미안한데... 마,마,마,... 마술을 쓰는 사

람이거든?

니가 아는 그,그..그런 사람이 아니야..."

"상관없어."

소울메이트라는게 이런건가?

월림은 이러면 안된다는걸 알지만

왠지 마음이 따뜻해짐을 느꼈다. 공간 마법을 써서 입

을 봉쇄해 버려야겠다. 월림이 살짝 민혁을 밀어 떨어

뜨렸다. 그리고는 숨을 쉴 수 있는 바다

공간 마법을 썼다.

순식간에 오락실이 바다로 바뀌었고

바닷속에는 월림과 민혁과

지율과 은결과 하민이 모였다. 숨을 쉴 수 있지만 바

닷속이니까

말을 못하겠지?

하지만 그런 월림의 생각과는

달리 아이들은 말을 아주 잘했다.

"와! 이거 뭐야? 숨을 쉴 수 있잖아?"

지율이 신난듯 뛰어다니며 말했다. 이런이런.. 마법만

들키는꼴이 되어버렸다. 리엔님께 기억을 지우는 마법

을

배워야겠는데... 어쩌지. 월림이 눈을 감고 리엔을

찾기 시작했다. 연분홍빛의 긴 웨이브 머리카락.. 하얀

드레스... 리엔의 뒷모습!

월림이 서둘러 리엔의 뒷모습을 잡았다. 그러자 리엔

의 뒤를 돌아 얼굴을

보여줬는데.. 리엔이 아니었다.

여장 코스프레였다.-_- 월림이 어이없다는 표정으로

리엔닮은 여장한 남자를 휑가래 쳤다. 그리고 다시 리

엔을 찾기 시작했다. 리엔은 투명인간 마법을 쓰고 있

을것이다. 냄새로 찾아야 한다. 코딱지 팔까? 그래봐야

뭘 소용. 어디선가 작은 행성에 심은 꽃냄새가

나기 시작했다. 월림이 손을 더듬더듬 거리며 찾기 시

작했다. 손에 무언가가 닿았고, 리옌의 마법이

풀리길 바라며 손가락으로 통 팅겼다. 그러자 진짜 리

옌이 나타났다.

"리옌!"

월림이 밝은 목소리로 소리를 지르자

아이들이 월림의 시선이 있는 곳을 쳐다봤다. 아름다

운 리옌이 눈에 보였다. 리옌에게 월림이 뛰어가는데,

아이들의 눈에 리옌이 험상궂게 생긴

괴물로 바뀌었다.

"위험해!"

아이들의 목소리가 들리자 월림이

눈을 번쩍 뜨고 뒤로 점프를 했다. 바닷속이기 때문에

수력으로 인해

점프가 슬로우 모션처럼 조금 느리게 뒤로 다가갔다.

"리옌이 불쌍하지도 않은가? 으흐흐..."

"그게 무슨 소리야? 넌 누구지?"

월림이 괴물에게 물었다.

"난 오래전, 순간이동 마법이 포탈 마법으로

전락하고 금지되고 봉인되는 틈 사이에서

그런 금기의 마법을 쓴 달의 마법사였다."

* 회상

백금발의 짧은 머리카락

에메랄드 같은 녹색의 눈동자

하얀 분홍빛 피부 작은 얼굴

그는 달에서 칭송받고 있는 마법사다. 떡만 찧고 먹고

살던 그들이 먹는것에

관심을 두기 시작한것은 순간이동

마법이 생기고 난 후 부터였다. 학교에서도 항상 순간

이동 마법은

필수라며 다른 작은 행성에 가서

먹을것을 구해오고 다시 되돌아올 수

있게 교육시켰다. 하지만 다른 행성에 가서 돌아오지

않고

그 곳에서 사는 일이 생기고,

안그래도 인구가 적었던 달은

더욱 더 인구수가 적어지게 되었다. 분노한 위대한 마

법사가 그 마법을

금지시켜 버리고 봉인해버렸다. 달에서 칭송받고 있던

에메랄드 눈동자의

마법사가 말했다.

"마법사들이 다른 행성에 가서

먹을것을 구해오거나 만들면 어떨까요?"

"만드는것은 불가능 하네. 떡은 실제로 보았기 때문에

기억으로, 생각으로 만들 수 있지만 다른 음식들은
달에 없기 때문에 생각으로 지어내서는
먹을 수 있는게 못되!"
"그렇다면 지구에 갔다오는건 어떨까요?"
"자네가 드디어 미친겐가?
지구의 사람들은 달에 사람들이
있다는 것을 전혀 몰라. 만약 과학자들에 의해서 달에
사람이
있다는것이 밝혀지면 자신들이 달을
개발하여 살려고 할게 분명해. 지구는 생태계 파괴가
심하거든."
"그래도 전 갔다오겠습니다. 만약 달이 풍족해진다면
다른 행성에
있는 사람들이 다시 돌아올겁니다."
"안되네! 가지말게!"
칭송받는 에메랄드 눈동자의 마법사는
위대한 마법사의 곁을 떠나 지구로 왔다. 지구로 온
에메랄드 눈동자의 마법사는
음식들과 그 밖 신기한 물건들을
가져와 달로 돌아가려 했다.
"보이지않는 도둑!"
지구의 사람들이 그를 마구 밟아댔다. 지구인들이 마
법사를 도둑마왕이라

칭하며 불에 태우려 했고, 그는 공간 마법으로 자취를 감추었다. 한편 달에서는 시간이 아무리 지나도 돌아오지 않자 에메랄드 눈동자의 마법사가 죽었다고 생각하여 슬퍼하며 지구로 가는 순간이동 마법을 절대 금지 했고, 대신 다른 행성으로 가는 순간이동 마법은 금지와 봉인을 풀고 먹을것을 구하라며 허락했다. 그 후로 마법사는 공간 마법에서 영원히 빠져나가지 못하는 괴물이 되었다.

지금, 월림과 민혁 지율 은결 하민이 보는 모습처럼...

"네가 리옌이라 칭하는 마법사는 내가 먹어버렸다. 어찌나 아름다운지, 내가 갖고싶더군. 하지만 어쩌겠는가? 나는 지금 괴물인걸.. 으흐흐.."

"다시 원래 모습대로 돌려드릴테니 달로 돌아가세요. 그리고 리옌님을 내놓으세요. 방금 제가 본 것은 리옌님이었어요. 마법사님의 뱃속에 있는게 아닐텐데요?"

"리옌을 찾다가 만난 괴상한 남자를 본 적이 있나?"

괴상한 남자? 리옌을 코스프레한 여장남자?

"여장남자 말인가요?"

"그래. 내가 마법으로 장난을 좀 쳤지. 다시 그 여장남자를 찾아야 될게다."

"고마워요!"

"그러기 전에 너희를 나와 같은 신세로

만들어야겠다."

괴물이 손에서 초록색 빔을 내뿜었다. 아이들의 앞에
선 월림이 마법을 부렸다.

"막아다오!"

월림이 두 손을 쭈욱 곧게 내밀며
주문을 말했고 그러자 방패마법이 쳐졌다.

"제법인걸? 지구 인간 꼬맹이."

"미안한데 저는 인간 꼬맹이가 아니에요."

"그럼 지구 인간은 맞단 소린가?"

"그건 잘 몰라요. 지금 전 지구에 있잖아요?"

월림이 싱긋 웃으며 말했고
괴물이 쉴 새 없이 공격을 해댔다. 방패마법을 쓰고있
는 상태에서
월림이 눈을 감고 리옌을 찾기 시작했다.

"어리석은 자로군!"

괴물의 목소리에 월림이 눈을 떴다. 친구들이 괴물이
되어있었다. 괴물 중에서도 제일 험상궂게 생긴
괴물은 마법사괴물인가..?

"자- 이제 어쩔것인가?
선택하거라. 괴물이 되어 공간 마법속에서
계속 살것인지, 아니면 공간 마법속에서
괴물로 변한 친구들을 두고 도망칠것인지."

"도망은 안쳐!"

"그렇다면 재밌게 놀아야겠군."

마법사괴물이 월림을 향해 다가왔고, 순간 월림이 펭귄인형을 떠올렸다. 마법으로 오락실 안에 있는 펭귄인형을

끄잡아올려 공간 마법 속으로 들어오게했다. 그리고 월림이 그 펭귄인형을 손으로 잡았다.

"네가 말했지. 리옌님이 여장남자

코스프레를 한 남자라고. 그 사람을 찾으라고."

"그런데. 왜그런가?"

"네가 리옌님으로 변한 시간이 얼마였지?

고작 몇초였어. 그 말은 즉, 리옌님이

무언가로 몸 바꿔치기를 했다는 거야."

"내가 만든 여장남자로 바꿔치기를 한게 아닌가?"

"아-니? 너 정말 내 말을 못알아듣는구나?

내 손 안에 리옌님이 떡하니 있는데 말야."

"거,거짓말 마! 그리고 리옌으로 바뀐

내 몸을 원래의 괴물 몸으로 바꾼건 내 마법이었어!"

"과연 그럴까? 넌 공간 마법 속에서

아주 오랜 세월동안 혼자 괴물로 변하는

마법을 연구한 마법사야. 그런데 과연

다른 마법들을 일일히 다 기억하며 순간적으로

쓸 수 있었을까?

방금 전의 내 방패마법을 보고 제법이라고

하는 네 녀석이 말이야."

월림이 비웃음을 지으며 마법사괴물에게 말했다.

"으으으... 죽여버리겠어..."

마법사괴물이 광분하여 월림에게

빠른 속도로 다가왔다. 그러자 월림의 손 안에 있던
펭귄인형이

리옌으로 바뀌었다.

"날 너의 공간 마법 속으로

용케 불러내주어서 고맙구나."

리옌이 웃으며 말했다.

25. 기억을 지우는 마법

"이제부터는 내가 처리할테니

마음 푹 놓고 내 뒤에 있으렴."

리옌의 말에 월림이 슬금슬금

리옌의 뒤로 가 숨었다. 리옌이 웃던 얼굴을 멈추고
갑자기 정색을 하더니 마법사괴물을 쳐다봤다.

"당신은 그 분이군요. 저의 우상. 메텔리우스 마법사
님."

"후후. 아직도 나를 기억하는 이가 있다니. 놀라울 따
름이군."

"저는 알고 있었어요. 마법사님이

죽지않았다는걸. 그런데 이렇게 변해있을줄은.. 상상도
못했네요. 경의를 표합니다."

"지금 날 비꼬는건가?"

"그렇죠. 괴물 마법사님."

"리옌 너마저도..."

"순순히 아이들을 풀어주세요. 메텔리우스 마법사님의 마법도

풀어주시면 눈이 경축을 하겠네요."

"절대 그럴순 없지!"

괴물이 리옌에게 이빨을 드러내며 뛰었다. 아무 미동 없이 있던 리옌의

반경 1m 이내에 들어오자

마법사 괴물이 전기를 흡수하며 튕겨나갔다.

"으으윽... 리옌.. 네 녀석.. 대체 무슨 짓을 한거지?"

"무슨 짓이라뇨? 전 아무 짓도 안했어요."

"마법을 쓴건가?"

"마법이 뭔데요? 그게 뭐였더라?"

"그렇다면 나도 마법을 쓸 수 밖에 없겠군."

마법사 괴물이 머리를 굴리며 무슨

마법을 쓸지 생각해내기 시작했다. 그런데 생김새가 괴물로 변한터라

머리를 굴리는게.. 겉으로 머리가

꿈틀꿈틀 대며 움직였다.

"자신에게 기억을 지우는 마법을

썼군요. 메텔리우스님."

리엔이 마법사 괴물을 불쌍한듯

쳐다보며 말했다.

"아니야! 아니라고! 크아악!"

마법사 괴물이 머리를 잡으며 오열했다.

"괴물로 변하게 하는 마법을 만들기 위해서... 인간들에게 복수를 하기 위해서.. 자신을 죽은 사람으로 만든 사람들에게 복수하기 위해서.. 자신에게 다른 마법들을 모두 지우라는

기억상실 마법을 쓴거죠?"

"그만해..."

"그 결과 괴물로 변하게 하는 마법을

만들 수 있었지만 다른 마법들을 잊어버려서

공간 마법 속에서 나가지 못하게 된거죠. 내 말이 맞죠?"

"그래... 맞아... 난.. 사람들이 미웠어... 달에 있는 사람들을 위해서... 다른 행성으로 도망친 달 사람들을 위해서.. 지구에 왔는데 사람들은 날 도둑으로 몰았어... 간신히 살아났을때... 천리안 수정구슬로

달 사람들을 봤는데... 날 죽은사람으로 생각했어.. 분했고.. 정말 싫었어... 그땐 내가 정말 미친거지.."

"이젠 편히 쉬세요. 메텔리우스님."

어느새 마법사 괴물의 몸은 달 사람처럼

변해있었고.. 힘이 없어보였다.

"이제 갈 때가 된건가... 고맙네. 리엔.. 넌 마법사들
중... 제일 아름다운 최고의 마법사야..."
그리고 메텔리우스의 몸이 가루가 되어
흔적도 없이 사라졌다. 친구들이 원래대로 돌아오고
마법사 괴물도 사라졌지만... 월림의 마음은 왠지 기쁘
지 않았다. 오히려 마음에 돌덩이를 얹은듯 슬펐다.
"이 사실은 너와 나만 알아야 하는게 되겠구나."
리엔이 씁쓸하게 웃으며 물을 손가락으로
튕겨내어 공간 마법을 풀었다. 그리고 모든것을 보고
들은 그들에게
주문을 걸었다.
"기억을 하면 안되는 자들이여. 월림을 만났을 때부터
지금 이순간 까지의
모든 기억들을 지워라!
리엔의 이름으로!"
리엔의 말에 민혁과 지율 은결 하민
그리고 상아까지 모두 놀란 표정을 짓더니
눈을 감았다. 리엔과 월림이 재빨리 투명인간
마법을 부렸고
월림이 들고있던 펭귄인형을
얼른 땅바닥에 버렸다. 그 후에 그들이 눈을 떴다.
"야; 우리 충분히 놀았으니까
이제 그만 집에 가자. 어 근데 이 인형은 뭐냐?"

민혁이 친구들에게 말했고
걸어가려다 발길에 채이는
펭귄인형을 보며 물었다.
"몰라? 누가 인형뽑기해서 뽑고
버린거 아냐?"
하민이 말했다.
"이렇게 귀여운걸 누가 버리냐~"
지율이 말했고 펭귄인형을 주웠다.
"우와. 진짜 귀엽다."
은결이 온화하게 웃으며 말했다.
"줘. 발견한 사람이 임자야."
"그딴게 어딨어? 주운 사람이 임자거든?"
"내놔."
"싫어."
민혁과 지율이 티격태격 하기 시작했고
은결과 하민은 그 둘을 말리기 시작했다.
리엔과 월림이 웃다가
순간이동 마법을 써서 달로 돌아왔다.
"재밌었니?"
리엔이 물었다.
"네."
"메텔리우스님이 그렇게 변해있을줄은
정말 꿈에도 몰랐단다. 지금은... 없지만 말야."

"메텔리우스님과 무슨 사이였나요?"

"나는 그때 어린 소녀였고

마법을 쓰는 마법사들 중에서도

제일 멋있고 용감한 메텔리우스님을 좋아했단다. 일종

의 왕자님을 좋아하는 하녀 심리였지."

"하녀라니.. 리옌님 말을 너무 웃기게 하세요."

윌림이 웃으며 말했다.

"정말 많이 동경했단다. 좋아했고, 우상이었지. 지금

나는 너무 늙어버렸네..."

"그게 무슨 말씀이에요. 리옌님이 늙은거면 저는 백발

할머니게요?"

"그런가? 호호. 네 눈에 나는 몇살로 보이니?"

"한.. 24살?"

"아니야. 내 나이는 678살이란다."

"헉~?"

윌림이 아주 심하게 놀랐다.

"그렇게 놀랄것도 아니야. 이곳 달 사람들은 평균수명

이 1600살이니까 말이야."

"말도 안돼..."

"윤진도 달 사람이고 너도 달 사람이니

오래 살거란다."

"예.. 좋겠네요. 그럼 지구에 있는

제 친구들은요?"

"그들은.. 오래 살아봤자 120살이라지?"

"에엑? 제 친구들도 달 사람으로

만들어줘요!!!"

"아아- 그건 안돼. 그들의 속성은 지구거든."

"그런게 어딨어!"

"그렇다면 이런건 어떻겠니?

바꿔치기 마법과 기억을 지우는

마법과 색깔을 바꾸는 마법을 배우렴. 기억을 지우는

마법은 배웠으니.. 바꿔치기 마법과 색깔을 바꾸는

마법을 배우면 되겠구나."

"속성을 바꾸는 마법은 없나요?"

"그런건 없어."

"그런게 왜 없어요!?"

"속성을 바꾸는 마법을 만들었다고

치자. 만약 지구인들이 그 마법을

알게된다면 어찌 되겠니?

그 마법으로 속성을 달로 바꿔서

달에 들어앉아 달 사람들처럼 살겠지. 그렇다면 보나

마나 전쟁이 날 것이고. 달은 부서질거란다."

"그..그래요..? 알겠어요."

"속성이 지구인 사람도 원한다면

마법을 부릴 수 있단다. 어떻겠니? 속성을 바꾸는 마

법을

만들어서 네 친구들 곁으로

되돌아가면?"

"좋은 생각이네요!"

"하지만! 그 전에 마법들을 배워야 해. 메텔리우스님은

천재급이었기 때문에

마법들을 기억속에서 지워도 괴물로

변하는 마법을 만들 수 있었지만

너는 천재가 아니란걸 알아둬야 한단다."

"예. 알겠어요."

리옌이 월림을 보며 싱긋 웃음 지었다.

26. Repeat

바꿔치기 마법과 색깔 바꾸기 마법은

정말이지 힘들었다. 월림은 대체 시간이 얼마만큼이나

지났는지 알 수가 없었다.

"리옌님. 저 지구에 다녀오면 안될까요?"

속성을 바꾸는 마법까지 만드려고 했던

월림의 결심은 물거품이 되었다. 월림이 리옌에게 말

했다.

"그럴래? 지구로 순간이동하는

주문을 알려줘야겠구나."

리옌이 검지 손가락으로 둥그런 원을

그리더니 주문을 걸었다.

"우주여. 모든 만물을 연결시키는 통로여. 달의 이웃

지구로 나를 이동시켜다오."

그러더니 리옌이 한 손을 쫘악 펴고

손바닥으로 둥그런 원을 지우개로 지우듯 지웠다. 그

리고 나서 손가락으로 튕기자

손가락에서 무언가 둥그렇고 아주 작은게

튀어나왔고 그것은 이내 풍 하고 터져 없어졌다.

"예를 든거란다. 알겠니?

그런데 지구에 가서 뭐하려고 하니?"

리옌이 궁금한듯 물었다.

"그냥.. 마법도 잘 안되고 애들

뭐하나 궁금해서요."

"그래? 니 나이는 한참 놀 나이지.

가서 마음껏 놀고 오거라. 색깔을 바꿔주마."

리옌이 오른손을 둥그렇게 말아 위쪽에

두었고 밑에는 왼손을 둥그렇게 말아

구의 형태로 만들었다. 리옌이 눈을 감고 무언가를 생

각하는듯

골똘히 마법을 부렸다. 구의 형태 안에 검정색이 생겼

다. 리옌이 한 손으로 검정색 동그라미를

뜨게하더니 다른 손의 손가락으로

검정색 동그라미를 한번 툭 찍어냈다. 그러자 손가락

에 검정색이 묻어났고, 월림의 한쪽 눈동자를 손가락

으로 가리켰다. 그러자 눈동자 색깔이 검정색으로 변

하기

시작하더니 곧 변했다. 한쪽 눈도 검정색으로 변했다.

속눈썹과 눈썹이 변했다. 머리카락 색깔은 검정색 동

그라미로 변화시켰다.

"나머지는 그 정도면 괜찮지 않겠니?"

리옌이 만든 검정색이 완전히 사라졌다. 리옌의 손가

락에 묻어있던 것도 없어졌다.

"예. 괜찮아요. 그럼 다녀올게요!"

월림이 둥그렇고 큰 원을 그렸고

주문을 말했다.

"우주여. 모든 만물을 연결시키는 통로여. 달의 이웃

지구로 나를 이동시켜다오."

그리고는 원을 손가락으로 툭 건드렸다. 그러자 원이

빠졌고 블랙홀 같은 곳이 되었다.

"금방 돌아올게요."

월림이 리옌을 뒤돌아보며 싱긋 웃었다. 그리고는 순

간이동 마법 안으로 들어갔다. 월림이 안으로 들어가

자 하수구 뚜껑처럼

빠진 원과 함께 마법이 빠르게 수축되어 사라졌다. 월

림이 제대로 순간이동 마법을 썼는지

살펴본 리옌이 다행인듯 옅게 미소를 짓더니

마법을 부리기 시작했다.

"월림이도 없고... 차나 한잔 마셔야 겠는걸?

수정구슬 마법을 부리면서 말이야."

리옌이 두 손의 검지와 엄지손가락으로

직사각형 형태를 만들었다. 그러자 리옌이 있는곳이

직사각형 형태의

방이 되었고, 왼쪽과 오른쪽에 손을 구의 형태로

만들어 눈을 감고 무언가를 생각하더니

팔을 양쪽으로 쭉 뻗고 눈을 떴다.

그러자 직사각형 형태의 방에

찻집이 나타났다. 찻집이라기 보단, 고풍스런 둥근 테

이블에, 고풍스런 의자 하나. 그리고 그 위에 있는 찻

잔. 개인을 위한 맞춤용 쉼터인듯 하다.

하지만 마치 찻집인듯 주위는

산만하고 많은 차들로 준비되어있다. 햇빛이 창문 틈

새로 들어온다.

리옌이 의자에 앉아 찻잔을

잠시 옆으로 치워놓고

수정구슬 마법을 부렸다. 수정구슬이 만들어지자

한쪽 손의 검지와 엄지로

위쪽 부분이 약간 굴곡이 있는

ㄷ형태로 만들었다. 그러자 리옌이 생각한대로

수정구슬 받침대가 튀어나왔고, 받침대를 가운데에 두

고 그 위에

구슬을 두었다.

"월림을 투시해줘."

리옌이 차를 홀짝 마시며 말했다. 그러자 수정구슬이 빛을 내더니

월림이 있는 풍경을 나타냈다.

* 학교

옷을 교복으로 바꿔입은

월림이 슬금슬금 학교 안으로 들어갔다. 어차피 학생들이 많으니까

월림을 알아보지 못할것이다. 수업중인듯, 복도가 조용했다. 월림이 자신의 반인 이학년 사반의

창문에 꼭 붙어서 아이들을 쳐다봤다. 그런데 어찌된 일인지 아이들이

전부다 바뀌어져 있었다.

!?

뭔가 이상함을 느낀 월림이

설마.. 하고 삼학년 교실이 있는

삼층으로 올라갔다. 그리고 창문에 붙어서

아이들을 하나같이 다 살펴봤다. 열개가 넘는 반들을 다 살펴보려니

월림은 수업이 끝날까 조마조마 했다. 삼학년 육반에 윤진이 있었다. 은결도 있고, 민혁도 있고,

지율도 있고, 하민도 있다. 채화와 무리들은 없었다. 낯익은 아이들을 하나하나

다 살펴보는데 월림의 존재를

알아차린 선생님이 앞문을 열고

월림을 보며 말했다.

"너 누구니?"

그러자 반에 있던 아이들의

시선이 모두 창 밖으로 쏠렸고, 월림이 식은땀을 삘삘

흘렸다.

"아.. 그게... 얼마후에

전학 올껀데 구경 좀 하려구요."

"그러니? 그럼 들어와서

뒤에서 구경하렴."

"네..."

월림이 뒷문으로 들어가

아이들과 선생님을 구경하기 시작했다. 월림에 대해

아이들이 소곤소곤

대기 시작했다.

"쟤 누구니?"

"우리 학교에 전학 올 애래."

"예쁘다."

"그러게."

맨 뒤에 앉아있던 여자애 두명이

친구인듯 월림을 흘끔흘끔

쳐다보며 재잘거렸다. 예쁘다 라는 말에 기분이

좋아진 월림이 속으로 웃어댔다.

'으헤헤헤헤 나보고 예쁘대

바뀐 내 모습이 예쁘대 이히히힝~'

이런 월림을 곁눈질 하는 이가

또 한명 있었으니. 그것은 바로 민혁이었다. 제대로 수

업은 안듣고 월림만

쳐다보더니 교실 뒤로 나간다.

"너 왜 나왔어?"

월림이 작은 목소리로

민혁에게 물었다.

"졸려서."

민혁이 시큰둥한 목소리로

월림을 쳐다보며 말했다.

위에서 쳐다보는 시선이

느껴졌지만 월림은

애써 모른척 했다. 식은땀이 등줄기에서

주르륵 흐르는듯 했다. 식은땀이 한방울 났을 때였다.

"우리 어디서 만났지 않았어?"

민혁이 물었다. 식은땀이 얼마나 났는지

감으로 알아맞추고 있던

월림이 깜짝 놀랐지만

놀라지 않은척 했다.

"그,글쎄? 난 잘 모르겠는데?"

월림이 모르겠다는 표정으로

민혁을 올려다보자 민혁이

순응하는 표정으로 고개를 끄덕였다.

십분정도 지났을까. 월림이 조심스레 소리나지 않게

걸어서 뒷문을 최대한 조용하게 열고

밖으로 나왔다. 뒷문을 다시 닫으려고 뒤를

돌았는데 뒷문 밖으로 빠져나온

민혁이 월림을 보며 말했다.

"난 아무래도 널 어디선가

본 적이 있는것 같아."

"그, 그건.. 데쟈뷰 아닐까?

길에서 한번 마주쳤는데

낯익은거 같은 그런거 말야."

월림의 색깔은 한국인처럼

검정색으로 바꼈을텐데?

절대로 알아볼 일이 없다.

게다가 기억까지 지웠으니..

"땡땡이 칠래?"

민혁이 장난끼 어린 목소리로 말했다.

"난 품성 곧은 학생이라서

그런 짓 안해."

"뻥 잘 튀기네."

"너 뻥튀기 장수가 뻥튀기는거 봤어?"

민혁이 월림의 손목을 잡아채더니

어디론가 막 달리기 시작한다.

"응. 자세히 본 건 아닌데 본 적 있어. 들은 적도 있
고."

"언제? 어디서?"

"네가 뻥튀기 장수잖아?

뻥~ 뻥~ 거짓말만 잘하고~"

"야-! 내가 언제 거짓말을

했다 그러냐? 이 망할 놈아!"

"니가 어딜 봐서 품성 곧은

학생으로 보이는데?"

"내가 생각하기에 난

품성 곧은 학생이라니까!"

그들이 도착한 곳은 노래방이었다. 월림이 당황했다.

당황한 월림과 함께 민혁이

노래방 3번 룸으로 들어갔다.

"불러봐."

월림에게 민혁이 말했다.

"아는노래가 없어."

"하나라도 있을꺼 아냐. 아무거나 아는거 불러봐."

그러자 월림이 무언가를 발견한듯

했다. 그것은 바로 아름다운 구속 이었다. 지율이 월림
에게 전화로 가르쳐준 곡. 이별할때 지율에게 불러줬

던 곡. 월림이 번호를 누르고 노래를 불렀다. 노래가
끝나자 민혁이 굳은
표정으로 월림을 쳐다봤다.

"왜 그렇게 쳐다봐?
너도 불러."

"니가 지율이가 말하던 애구나. 노래에 대한 추억이
있다는."

"우연이야!"

"거짓말 마. 네 이름이 뭐야?"

민혁이 월림에게 묻자
월림이 이름을 지어내기 위해
생각해내기 시작했다.

"기..김.. 김말숙.."

"니 명찰에 적혀있는
이름은 뭔데?"

민혁이 한쪽 입꼬리를 올리며 말했다. 그러자 월림이
밑을 내려다보았고
자신의 가슴팍에 달린 명찰에
[신월림] 이라고 적혀있었다.

"거짓말쟁이."

"아니야!"

"내가 찾고있던 애가
너였구나. 신월림. 이젠 안잊을꺼야."

"너야말로 거짓말쟁이잖아."

"...? 내가 왜?"

"그래봤자 마법을 쓰면

잊어버릴꺼.. 마음에 내가

있어봤자 무슨 소용이야."

월림이 울먹거리며 민혁에게 말했다.

"내가 너한테 고백한적 있어?

솔직하게 말해줘."

"응..."

"달처럼 보인다고 그랬어?"

"..응.."

기뻤다. 자신이 마음에 남아

일부분을 기억해준다는게... 월림이 기쁨의 눈물을 흘

렸다.

"울지마."

민혁이 월림의 눈물을 닦아주더니

곧 월림의 입술에 키스를 했다.

천리안 수정구슬로 월림의 모습을

보며 차를 마시고 있던 리옌이

푸웁! 거리며 차를 뱉어냈다. 콜록콜록...

"어린 것들이.. 어머나.. 남사스러워..."

그러면서도 계속 보는 심보는

대체 무엇인가. 리옌은 수정구슬을 멈추지 않고

계속 그들을 쳐다보았다.

"지구 인간이라 그런가?

수명이 빠르다보니

사랑도 빠른가보군."

곧 평정심을 되찾고 차를 들이켰다.

민혁이 입술을 떼자 월림이 눈을

떴고 떳떳하게 말했다.

"미안한데.. 이러면 안돼. 지금이 봄이지? 날 만나고

싶다면 기다려줘.

언젠가.. 돌아올게."

월림이 민혁을 살짝 밀었고.. 시간을 정지시키는 마법

을 썼다. 그리고 기억을 지우는 마법의

주문을 말하기 시작했다.

"기억을 하면 안되는 자들이여. 내가 오늘 지구에 발

을 디뎠을

때부터 지금 이순간 까지의

모든 기억들을 지워라!

월림의 이름으로!"

그러자 시간이 다시 흐르기 시작했고

민혁이 놀란 표정을 짓더니 눈을 감았다. 월림이 그

틈을 타 투명 인간 마법을 썼다. 그 후에 민혁이 눈을

떴고

어리둥절한 표정을 지었다.

학교에 있던 학생들과 선생님까지

놀란 표정을 짓더니 눈을 감았고

조금 있다가 다시 눈을 떴다. 월림을 본 사람들의 기억이 모두 지워졌다.

투명 인간이 된 월림은 기분이

조금 쓸쓸해졌다.. 이렇게 기억을 지우는 마법을 많이 쓰면

언젠가 자신이 진짜로 기억속에서

영원히 없어질거 같았다.

민혁이 앞으로 손을 뻗더니 무언가

닿자 자기쪽으로 끌어당겨 안았다. 민혁의 손에 닿은 것은

투명 인간이 된 월림이었다. 당황한 월림이 버둥댔다.

"심장이.. 뛰어...

난.. 난..."

그러다 문득 아무것도 보이지 않는

그저 닿는다는 느낌만 드는 무언가를

껴안고 있는 민혁을 생각하자

앞에 있는데도 멀리 느껴지고

안타깝게 느껴졌다. 월림도 민혁을 안아 등을 토닥 거렸다. 언젠가 꼭 속성을 바꾸는 마법을

만들어내서 친구들과 함께... 가족들과 함께... 즐겁게 지구에서

지내야겠다고 생각했다. 동물들이 많다는 지율이네 집에도

꼭 가보고 싶다.

"..신..월림... 가지마.. 그냥 내 곁에 있어.."

민혁의 말에 월림이 뜨끔 놀랐다.

월림의 마법이 통하지 않았나?

어떻게 해야할지 모르겠는 월림은

계속 그 상태로 있었다.

월림을 수정구슬로 보고있던

리옌이 답답한듯 말했다.

"당장 투명 인간 마법을

풀고 일단 지구에 있으란 말이얏!"

리옌은 어느새 드라마를 보고있는

시청자가 된 듯 하였다. 그러나 마법을 쓰는 드라마가

어디있는가. 영화나 만화라면 몰라도.

"그나저나 이상하네. 진짜로 마법이 안먹힌건가?

천리안, 월림이 들어갔던

교실 안을 비춰봐."

그러자 수정구슬이 반짝 빛나더니

삼학년 육반 교실 안을 보여줬다.

'민혁이 어디갔는지 알아?'

은결과 하민과 지율이 윤진에게 물었다.

'글쎄? 난 몰라.'

윤진이 대답했다. 그러자 아이들에게 돌아다니며
민혁의 행방을 물었지만, 그 어디에서도 전학 올 아이
라던가
신월림 이라던가 교실 훔쳐본 애 라던가
그런 얘기를 하지 않았다.
"월림을 발견한 선생님이
있는 곳으로 비춰봐."
리옌의 목소리에 수정구슬이 빛을
내더니 교무실 안을 보여줬다.
'요즘 수업 어때요?'
'그냥 그저 그렇죠 뭐.'
월림을 발견한 선생님이
다른 선생님의 질문에 대답했다.
'그건 그렇고 전학 가는 학생은 없나요?'
월림을 발견한 선생님이 다른 선생님
에게 물었다.
'없어요. 전학 오는 학생도 없구요.'
'그래요? 전학 간다면 좋을텐데.. 아이들이 너무 많아
서 이름을 기억하기가
힘들다니까요.'
그 어디에도 월림을 거론하지 않았다. 월림의 마법이
통한것이다.
"됬어. 월림을 투시해."

리옌의 말에 수정구슬이 또 반짝

빛을 내더니 노래방으로 바뀌었다.

계속 안겨있다가 월림이 민혁을

슬쩍 두 손으로 밀었다. 그러나 민혁은 밀려나지 않았

다.

"여기서 너 놓으면.. 도망갈꺼잖아..."

'도망안가.'

월림이 말해봤자 모양으로

삼켜지면서 반사적으로 말했다.

하지만 민혁에겐 월림이

달로 가는게 도망일것이다. 달에 가서 사는게 도망일

것이다... 월림이 손가락으로 자신의

옷을 퉁 튕겼다. 그러자 원래 모습으로 돌아왔다.

"좋아해. 민혁아."

월림이 민혁을 보며 말했다.

"좋아해.. 널 좋아해... 이건 거짓말이 아니야.. 근데

난.. 이게 꿈이라고 생각해. 그래서 너한테 갈 수가 없

어. 꿈이 아니라 현실이 되면... 너한테 갈께... 좋아

해.. 민혁아."

월림이 민혁을 보며 싱긋 웃었다. 손을 구 형태로 모

으고 눈을 감고

혼자만 있는 자신의 공간을 생각했다. 그리고 팔을 양

쪽으로 뻗고 눈을 떴다. 간간히 꽃이 피어있는 아름다

운 들판이었다. 연두색 풀에 이슬이 맺혀있는 예쁜 모습과

향기로운 냄새가 월림을 기분좋게 했다. 월림이 검지 손가락으로 큰 동그라미를 그렸다.

"라이트 문. 달로 이동해주길."

그리고는 원을 손가락으로 툭 건드렸다. 그러자 역시나 원이 빠졌고, 그 안으로 들어갔다. 월림이 사라지자 공간 마법이 원과 함께

빠르게 수축되어 없어졌다.

27. 속성(屬性)

"사람을 봤을때, 일반적으로는

겉모습을 보고 달 사람과

지구 사람을 구분하게 된단다."

"예~"

선생님 한명. 학생 한명. 리옌이 공간 마법을 부려 직사각형의

방을 교실로 만들고 월림을

가르치고 있다.

"하지만. 넌 속성을 바꾸는 마법을

만들고 싶어 하잖니?

겉모습만 보고 알아맞췄을때

틀릴 수도 있어. 색깔을 바꾸는

마법을 사용한다면 보나마나 속임수일게 뻔하지. 속성

탐색 마법도 있단다."

"그게 뭔가요?"

"지금부터 잘 보렴."

리옌이 두 손의 검지와 엄지를 둥그렇게

만들어 붙이고 마치 안경을 끼듯

눈 주위에 둥글게 만든 손가락을 붙였다. 그리고 눈에

서 멀리 두 손을 떨어뜨려

놓고 왼손과 오른손의 동그라미를

합치고 나머지손가락은 깍지를 끼더니

그 합쳐진 손을 밑으로 내렸다. 주문을 외웠다.

"내부에 있는 본래의 성질이여. 깨끗하고 따스한 나의

마음이

너를 보기를 원하니 내 앞에 나타나라."

그러자 리옌의 발 밑에 마법진이

생기더니 텅 비어있는 가운데에

어떤 그림이 생기기 시작했다. 마침내 그림이 나타났

고

그것은... 달이었다.

리옌이 손을 풀자 마법이 풀렸다.

"월림이 너의 속성은 달이로구나. 너도 한번 해보겠

니?"

"네~"

월림이 벌떡 자리에서 일어나

리옌이 한 그대로 했다. 그러자 월림의 발 밑에
마법진이 생겼고 텅 비어있는
가운데에 달 그림이 생겼다. 월림이 손을 풀자 마법도
풀렸다.

"그런데 이상해요.
리옌님의 달은 반달인데
저는 초승달이에요."

"그것은 수명을 나타내는 거란다."

"그렇군요..."

"어떻게 할 계획이니?"

리옌이 중지와 엄지를 맞부딪쳐
탁! 튕기자 공간이 찻집으로
바뀌었다. 의자가 두 개 있는. 리옌과 월림이 의자에
앉아
차를 마셨다.

"계획이라뇨?"

"만약 네가 속성을 바꾸고
윤진과 자리를 바꿀 수 있게 된다면
어떻게 할거니? 그렇게 할거니?"

"그래야죠.. 민혁이랑 약속했는데."

월림이 씁쓸한 표정으로 찻잔을
쳐다보았다.

"너의 소울메이트는 아무래도

다섯명 인거 같더구나."

"예? 그렇게 많아요?"

"좋은거란다."

리옌이 싱긋 미소지었다.

"너의 엄마, 동생 월하, 민혁, 상아, 지율. 이렇게 다섯
명. 그 중에서도 이성간의 소울메이트는.. 특별한 힘을
부여하지."

"그..게 뭔데요?"

"기억을 지워도 지워지지 않는 힘. 예를 들어.. 종이에
연필을 세게
꾹꾹 눌러쓰면 지우개로 아무리
지워도 옅게 남잖니? 그런거란다."

"수정테이프나 수정펜으로 지우면
되지 않나요?"

"그렇게 해도 뒷면은
연필 자국이 옅게 보인단다."

"저한테 하고싶은 말씀이 뭔가요?"

"색깔을 바꾸는 마법을
너에게 사용해보렴. 네가 지구에 가야할 때가 된 것
같구나."

"벌써요?"

"그래."

"알겠어요. 한번 해볼게요."

월림이 앉아있던 의자에서 일어나

마법을 부리기 시작했다. 리옌은 차를 마시며 월림을

주시했다.

월림이 오른손을 둥그렇게 말아 위에 놓고

왼손을 둥그렇게 말아 밑에 놓아 구의 형태로 만들었

다. 검정색이 조금씩 생기기 시작했다. 점처럼 작은 크

기이긴 하지만. 그것이 점점 커지기 시작하더니 탁구

공

만한 크기가 되었다. 월림이 탁구공 만한 검정색 동그

라미를

한 손으로 공중에 띄워놓았다. 그리고 다른 한 손의

검지손가락으로

그 검정색을 콕 찍었다.

눈동자를 가리키자 검지손가락에 묻은

검정색이 사라졌다. 또 손가락에 검정색을 묻히고

다른 눈동자도 물들였다. 눈썹도, 속눈썹도, 머리카락

도.

"된건가요?"

월림이 리옌에게 물었다.

"그렇단다. 잘 해냈구나."

"그런데 왜 지구에 가라고

하시는 거죠?"

"이 곳보다는 그 곳이 더 속성을

바꾸는 마법을 잘 만들 수 있을거란다. 그리고 민혁군
이 아플것이니 잘 보살펴주렴."
"민혁이가 아프다구요?"
"그래. 치유 계통의 마법을 알아가겠니?"
"네."
"치유 마법은 자신의 수명을 깎는단다."
"..괜찮아요."
월림의 말에 리옌이 싱긋 웃더니
월림을 향해 두 손을 손난로 쬐듯 뻗고는
마법의 주문을 말하기 시작했다.
"빛이여. 모든 것을 치료하는 치유의 빛이여. 나 리옌
이 월림을 치유하길 원한다. 나의 달을 조금 채워도
상관없으니
영롱한 힘으로 모든 것을 치유하라!"
그러자 리옌의 손에서 노란빛과 흰빛이 뒤섞여
나오더니 월림의 몸을 휘감았다. 월림은 몸이 따뜻해
지는것을 느꼈다. 곧 빛이 사라졌다.
"건강한가보구나. 빛이 흡수되지 않은걸 보면."
리옌이 웃으며 말했다.
"치유 마법을 쓸때 자신의 수명이 얼만큼
깎일지 알아볼순 없나요?"
"알아볼 수 있지. 치유의 빛이 상대방을
감싸는데 걸리는 시간으로 어느정도 짐작할 수 있단

다."

"그렇군요."

"어서가렴!"

"네!"

월림이 순간이동 마법으로 지구로 가자

리옌이 달의 요정을 불렀다.

"달의 요정 실비아여. 내게 나타나라."

그러자 작은 요정 한명이 나타났다.

"으아~ 왜?"

"어지간히 너도 심심한가 보구나."

"그렇지 뭐. 요정들은 넘쳐나고, 마법의 부름에 끼기
위해선 빠른 스피드로

나타나야 하는데 애들이 나보다 워낙 빨라서 말야~"

"요정들은 참 신기하단 말이야. 천리안구슬을 만들때는
투명한게 느낌만

느껴지더니 이름으로 부를땐 이렇게 나타나잖아."

"당연히 그렇게 해야지~ 수정구슬 만들때

구슬 밑에 깔리는 애가 가끔 있거든. 그걸 보이지않게
하기 위해서 변신을 하는거야. 대신 구슬 위에

투시의 오로라 빛을 뿌릴땐 좀 있어보이니까

다시 원래 모습으로 돌아오는거지~"

"깔린 요정은 어떻게 되니?"

"알아서 기어서 빠져나와~"

"심심해. 월림을 투시할까?"

"니가 가르치는 예쁘게 생긴 애 말이야?

그래! 좋아! 금방 만들어줄께."

달의 요정 실비아가 요정봉을

둥그렇게 휘두르자 수정구슬이 나왔다. 그리고 월림이

비춰졌다.

28. 키스매니아

* 민혁의 집

기억을 더듬어 겨우 민혁의 집을

찾은 월림이 안에 들어가 민혁을

찾기 시작했다. 민혁이 베란다에 서서 담배를 피고 있

었다.

"야! 최민혁! 담배 피지마!"

월림이 민혁의 담배를 뺏어서

손바닥에 투명한 유리를 만들고

그 위에 비볐다. 민혁이 어리둥절 한 표정으로

월림을 쳐다봤다.

"뭐야, 너.. 어떻게 왔어?"

"어떻게 왔긴! 예전에 너네집

놀러온적 있었잖아. 니가 알려주기도 했고."

"너 내 담배할래?"

"..어?.."

민혁이 싱긋 웃더니 월림을

집 안으로 끌어들였다.

"근데 너 어디 아픈거야?"

"그냥 감기야."

"가족들은?"

"캐나다 갔어. 10일동안 안와."

쇼파에 앉아 티비를 돌리며

민혁이 대답했다.

"뭐볼래?"

"서프라이즈~!!!

아 나 여자성우 목소리 짱 좋아!

천구백육십칠년. 어느 날이었다. 기품있지않아??"

"그런가? 난 그닥 별로."

티비에 열중하고 있는 월림을

민혁이 쳐다보더니 나즈막히 말했다.

"야."

민혁의 목소리에 월림이 쳐다봤다.

"왜?"

"나 담배 피고싶어."

그러더니 월림의 얼굴을 잡고 키스를 했다.

천리안 수정구슬로 월림을 지켜보고

있던 리옌이 황급히 달의 요정

실비아의 눈을 가렸다.

"에잇! 야해!"

"뭐야~ 좀 보자!"

실비아가 버둥버둥 거리며 말했다. 리옌이 멈추는 마법으로

수정구슬을 멈췄다. 실비아의 눈을 가리고

있던 손을 치우고 말했다.

"다른 행성으로 놀러갈까?"

"그래! 오랜만인데~"

리옌이 순간이동 마법을 부렸고

달의 요정 실비아와 함께

다른 행성으로 나들이를 갔다. 공간 마법과 천리안 수정구슬

마법은 리옌과 실비아가

다른 행성으로 사라지자 없어졌다.

미친듯이 월림에게 키스를 하던 민혁이

자신의 핸드폰 벨소리가 울리자

인상을 찌푸리며 입술을 뗐다.

"뭐야."

"나야. 김지율. 이야~ 민혁이가 아프다니 이건 정말

신문에 날 얘긴데?"

"할 말이 뭐야."

"지금 애들이랑 너네집 가고 있으니까

대기타라구~ 금방 도착할거야!"

"그래. 알겠어."

민혁이 전화를 끊었고 월림이

뭐냐는 눈빛으로 쳐다봤다.

"뭐래? 누구야?"

"김지율. 애들하고 여기 오겠대."

"지율이? 애들이 온다고?

오예~ 오랜만에 보는 애들이네~"

"너 아무래도 숨어야 하지 않겠냐. 다른 애들은 니가

누군지 기억을 못하잖아."

"걱정마~ 걱정마~ 지율이는 알꺼야.

상아도 불러 빨리~! 할 일이 생각났어."

"자, 핸드폰."

민혁이 월림에게 핸드폰을 건네주었고

월림이 그 핸드폰을 받아

상아의 번호를 입력하기 시작했다. 신호음이 가고 상

아가 받았다.

"안녕? 한상아지?"

"어. 그런데.. 누구야?"

"그건 알 필요 없고!

바쁘지 않으면 신성동 신성리

대우빌라 3층 301호로 오지 않을래?"

"..그래? 알겠어."

"응! 꼭 와 주길 바래!"

그리고 전화를 끊고 월림이 부엌으로

후닥닥 달려갔다. 부엌을 가리는 커튼을 마법으로 만들어

가리고 마법을 걸을 만한 음식을 찾기 시작했다. 치즈가루다!

월림이 재빨리 치즈가루를 꺼냈다. 그릇에 다 담은 다음 마법을 걸기 시작했다.

"달의 힘이여. 이 음식에 너의 힘을

담아주오. 속성을 바꿀만한 힘을!"

그러자 빛이 어디에선가 날아오더니

치즈가루에 흡수되었다. 부엌을 가리는 커튼을 마법으로 지웠다.

"너 뭐하냐?"

민혁이 월림에게 다가와 물었다.

"마법쓰는거 몰랐어?"

"니가 마법을 쓴다고?

거짓말 좀 하지마라."

"진짜야!"

- 띵동♪

밖에서 초인종을 누르는 소리가

들리자 월림이 재빠르게 달려가

문을 열어주었다.

"어디서 많이 봤는데?

이름이 신..신..아! 신월림이지?"

지율이 전에 월림이 떨어뜨린

펭귄인형을 손에 안은채 들어왔다.

"응! 용케 기억해줬네?"

월림이 싱긋 웃으며 말했다. 자신이 떨어뜨린 펭귄인

형 까지

주워서 가졌다니.. 결국 승리는 지율이었던가?

월림이 안으로 들어가 들어올 수 있게

해주었고 그러자 아이들이 들어왔다. 가져온 음식들을

다 펼치자

술과 안주들이 엄청 많았다. 월림이 부엌에 있는 치즈

가루를

가져오려고 하는 순간이었다.

- 띵동 ♩

이번에도 월림이 재빨리 다가가 문을 열어줬다.

"문지기다. 문지기."

하민이 놀리며 킥킥 웃어댔다.

"안녕~"

상아가 두 손에 치킨을 가득 들고

와서 말했다.

"어서 들어와~"

안주가 더 많아졌고 아이들이 술을

몇잔 마시자 헤롱헤롱 해졌다. 월림이 급히 부엌으로

들어가

치즈가루를 가져와 안주들에 뿌렸다.

"그거 뭐야?"

은결이 궁금한듯 물었다.

"더 맛있으라고~ 치즈가루야."

달의 사람이 되면 더 오래살 수 있게 되.. 난 너희들을
더 많이 오랫동안 보고싶어... 아이들이 호기심으로 월
림이

치즈가루를 뿌린 술안주를 하나씩 다 먹었다. 그러자
머리색깔과 눈색깔과 .. 색깔이 모두 달사람처럼 변했
다... 알비노처럼.

아이들이 하나둘씩 풀썩 쓰러졌다.

"얘들아. 얘들아?

민혁아. 지율아. 상아야.. 은결아. 하민아.. 일어나봐.
왜이러지?"

이럴줄은 몰랐던 월림이 당황하며

아이들을 흔들었다. 하지만 일어나지 않았다. 설마.. 하
며 숨을 쉬는지 손가락을

코 밑에 대어보았다. 숨을 쉬지 않았다. 동맥에 손을
대어보니 다행히

심장은 뛰고 있었다. 월림이 소라껍데기 달전화를 마
법으로

꺼내어 리엔 버튼을 눌렀다. 그러나 받지를 않는다. 천
리안 수정구슬 마법을 급히 써서

수정구슬로 리옌을 비춰봤다. 리옌이 달의 요정 한명
과 함께

즐겁게 웃으며 행성을 돌아다니고 있었다. 아아.. 이걸

어쩌지. 월림은 심장이 쿵쿵 뛰고 불안함을 느꼈다.

29. 방법이 없을까

아무리 생각해봐도 고민해봐도

방안은 떠오르지 않았다. 병원으로 데려갈까?

하지만 그렇게 한다면 달의 마법이

들키게 될지도 모르고... 월림이 좋은 생각을 떠올렸다.

자신이 치즈가루를 뿌린 안주 치킨과

닭강정을 함께 먹었다. 아주 맛있었다. 그런데.. 정신이

헤롱헤롱 거리더니

몸이 땅으로 추락했다. 풀썩... 월림이 다른 아이들처럼

쓰러졌다. 색깔이 달사람처럼 변한채.

....

....

여긴 어디지?

월림이 눈을 뜨자 보이는건

아무것도 안보이는 어둠이었다. 그런데 어디선가 빛이

나타났다. 월림이 반사적으로 그 빛에게 다가갔다. 가

까이 다가가자 그 빛의 정체가 보였는데

그것은 바로 엄청 큰 크기의 달의 요정이었다. 월림보

다 약 100배는 더 컸다. 엄청 큰 달의 요정이 고개를

살짝

숙여 월림을 쳐다봤다.

"속성을 달로 바꾸고 싶다면

나와 싸워 이겨라."

"저.저기! 잠깐! 나는 속성이 달이야. 물어볼게 있어."

"네 속성이 달이라고? 어디보자... 정말이구나. 그래.

물어볼게 뭐지?"

"다른 애들은 어떻게 된거야?"

"다른 애들이라면... 지구인간 꼬맹이들 말이야?"

"응."

"그 애들은 아마 다른 요정들과

싸우고 있을껄."

"미쳤어! 어떻게 이겨?"

"걱정마. 달의 요정들이 몸이 커지고

힘이 세지는 빛을 흡수해서 잠시동안

그러는거니까 얼마동안만 버티면 되."

"언제까지 버텨야 하는건데?"

"한.. 106시간?"

"4일 반 동안이나 버텨야 한다고?"

"응. 어렵긴 하겠다."

"설마.. 싸우다 죽는 일은 없지?"

"성격 나쁜 달의 요정을 만나게

된다면 그럴 수도 있을거야."

"말도 안돼... 다른 애들을
찾으러 가야겠어."
"나도 가고싶지만.. 너무 피곤해서 말야. 마법의 부름
에 나타나기 힘들거든. 이 요정봉을 가져가."
엄청 큰 달의 요정이 월림만한
크기로 줄어들더니 월림에게
요정봉을 내밀었다.
"어떻게 사용하는거야?"
"네 마음대로야. 내 이름은 룬. 언젠가 나랑 놀자. 네
가 마음에 들었거든."
"그래. 고마워! 기억할게, 룬!"
"응! 내 요정봉 꼭 돌려줘야해!"
그러더니 달의 요정 룬이 원래의
작은 크기로 돌아가 사라졌다. 어둠 속에 혼자 남은
월림은
요정봉에 정신을 집중하고 눈을 감았다.
"달의 요정 룬의 요정봉이여.. 다른 요정과 싸우고 있
는 나의 친구
상아를 찾아 나를 그 곳으로 데려가다오."
그러자 요정봉이 반짝 빛을 냈고
월림의 등에 요정 날개가 생겼다. 월림이 붕 뜨는것을
느꼈고 눈을 떴다. 어느새 자신의 앞에 상아와 아주
큰

요정이 나타나있었다.

"넌 누구냐!"

아주 큰 요정이 월림을 쳐다보며 말했다.

"난 요정 룬의 힘을 빌린 신월림이다!"

"어쩌려고 온거야?"

"상아를 구출하려고 하지!

원래 모습으로 돌아가!"

"상아에게 달의 속성을 부여하려고

나를 부른거 아니었어?"

"그, 그렇긴 하지만..."

"왜 달의 속성을 부여하려고 하는건데?"

"달의 속성을 갖게되면 오래 살 수 있고

마법도 부릴 수 있고 나와 함께 할 수 있게 되잖아."

"이름이.. 한상아라고 했나?"

아주 큰 요정이 상아를 쳐다보고 물었다.

"..응.. 그런데..?"

두려움이 가득한 목소리로 상아가 대답했다.

"아주 좋은 친구를 두었구나.

너의 속성을 달로 바꿔도

후회하지 않을 자신이 있니?"

"그게 뭐야?"

"너의 오랜친구 월림과 함께

할 수 있게 된단다. 그리 손해볼것도 아니지."

"월림이라면.. 저 요정 말이야?"

상아가 요정봉을 들고 등에

요정날개를 달고 날아올라 있는

월림을 보며 말했다. 월림은 당황했지만 기분은 좋았
다.

"요정 아니야. 상아야. 널 구하려고 룬의 요정봉을 빌
렸어."

"으윽! 뭔가 기억이.. 기억이 나려해..."

상아가 머리를 부여잡고 괴로워했다. 월림은 그런 상
아를 보고 미안해했다.

"기억이.. 났어. 월림...월림이라면... 내 친구.. 10년이
나 된.. 내 죽마고우 친구.. 같이 울고..웃고.. 비밀얘기
다 털어가면서.. 고민을 주고받던 친구... 고마운 친
구... 세상이 다 떠나가도.. 날 떠나가지 않았던 친
구..."

상아가 눈물을 터뜨리며.. 날아올라

있는 월림을 향해 두 팔을 벌렸다. 월림이 발과 손으
로 수영을 하듯 나아가 안겼다.

"속성을.. 바꿔드리죠."

아주 큰 요정이 원래의 작은 모습으로

되돌아 오더니 주문을 외웠다. 월림이 안았던 손을 풀
고 약간 떨어졌고

상아의 발 밑에 마법진이 생겼다. 속성탐색 마법진이

다. 마법진의 가운데에 있는 그림은

지구였으나 점점 달로 변해가더니

마침내 초승달로 변했다. 속성은 바꼈으나 색깔은 지구의 한국인이었다. 민혁의 거실에 쓰러져있는 상아의 색깔이 다시 원상태로 돌아왔다. 월림은 달의 사람들 같은 색깔이 더 어울렸다. 검정색머리보다.. 눈동자보다.. 백금발의 머리와 옅은갈색 눈동자가 더 아름다웠다. 그것을 달의 요정들이 안걸까. 상아가 민혁의 거실에 쓰러져 있던

자신의 몸을 일으켰다.

"으으윽.. 아까 그건 뭐였지..."

아이들이 다 쓰러져있었다. 월림도 아직 되돌아오지 않았다. 상아가 월림을 보며 싱긋 미소 짓더니 말했다.

"월림아, 화이팅!"

한편 월림은 민혁과 지율과 은결은

속성을 다 바꾸는데 성공했는데

하민은 힘들었다. 달의 요정 룬이 말했던 성격 나쁜 달의 요정에 걸린듯 하다.

거실에 있던 민혁과 지율과 은결이

원래 자기의 색깔로 돌아와 스르르 일어났다.

"몸이 더 가벼워졌어. 기분이 상쾌해."

지율이 펭귄인형을 쓰다듬으며 웃었다.

"다 기억났어. 월림이에 대해서..."

은결이 어리벙벙 한듯 말했다.

"야, 그래도 신월림이랑 사귀는건 나야. 몇일 됬는지 아냐? 오늘이 168일 째야."

민혁이 은결에게 톡쏘듯 말했다.

"중간에 채화랑 사겼었잖아~~"

"신윤진 온뒤로 걔랑 별로 안친해. 사겼다는 기억도 잊어버렸고. 그럼 된거잖아?"

"내가 이미 월림이한테 고백해서

사겼었어. 중간이라도 가로챈건 나야."

"아니거든? 그리고 신월림 보나마나

날 좋아해. 딱봐도 티가 나잖아?"

"자자- 그만 그만! 하민이랑 월림이가

아직 못돌아온거 같으니까 무사히

돌아올 수 있도록 응원해주자구!"

지율이 그 둘을 말리며 말했다.

"나도 응원할게!"

상아가 싱긋 웃으며 말했다.

"너 월림이랑 친구야? 와~ 청순하게 엄청 예쁘다."

지율이 상아에게 관심을 보였다.

"고마워. 헤헤헤."

"이름이 뭐야? 나는 김지율이야."

"나는 한상아야."

"앞으로 친하게 지내자."

"그래~"

지율과 상아가 술을 주거니 받거니

하며 술을 마시기 시작했다. 민혁과 은결은 월림이 자기의 것이라며

티격태격 싸웠다.

월림은 지쳐서 가쁜 숨을 몰아쉬었다. 아니 무슨 요정 중에도 남자 요정이 있나?

아주 큰 남자 달의 요정이

자신과 싸워서 이겨야만 하민의

속성을 바꿔주겠다는 것이었다. 지금까지 월림이 본 것은 다 여자요정이었건만.

"달의 요정 룬의 요정봉이여..."

"뭐라구? 룬의 요정봉?"

결국 최후의 선택으로 요정봉을 사용해

마법을 써서 넘어뜨려 버리겠다는 생각으로

주문을 말하기 시작했는데 아주 큰 남자요정이

참견을 했다.

"예.. 왜요?"

"그것을 나에게 줘."

"싫어요. 다시 돌려줘야해요."

"내가 룬에게 돌려줄께. 그리고 저 하민이라는 꼬마의 속성을 달로 바꿔주마."

"정말요? 거짓말 아니죠?"

"그래. 정말이란다. 아아- 룬! 아름답고 사랑스러운
달의 요정 룬을 내 여자로 만들고싶어!"
"연극 그만 하시고 하민이를
얼른 달의 속성으로 바꿔줘요."
"그러도록 하지."
남자 달의 요정이 황급히
하민의 속성을 달로 바꿔주고는
원래의 작은 크기로 돌아가더니
룬의 요정봉을 다른 한 손에 들고 사라졌다. 참 나..
룬하고 놀려고 했더니. 리옌님이 달의 요정과 놀고계
신걸
보았는데 달로 돌아가면 물어봐야겠다. 월림은 갑자기
어둠이 걷히는
것을 느꼈다. 그리고 자신이 있는 곳은... 아까의 그
곳 민혁이네 집의 거실이었다.
"꺼억- 으헤헤 돌아왔구나~ 내 친구~"
상아가 트림을 하더니 월림을
빨갛게 물든 얼굴로 웃으며 맞이했다.
"상아야~ 보고싶었어~!!"
월림이 웃으며 말했다.
"콜록콜록.. 아.. 머리야..."
은결이 머리를 짚고 인상을 찌푸리며
아픈 티를 냈다.

"은결아, 괜찮아?"

월림이 걱정스러운듯 은결을 걱정했다.

"괜찮아."

"어디 봐봐."

월림이 은결의 이마에 손을 댔다. 이를 보고있던 민혁이 짜증을 냈다.

"야! 아픈건 나라고!"

"넌 이미 다 나은거 같거든?"

"아니야. 난 더 아퍼."

"그래?"

월림이 뒤숭생숭 한 표정을 짓더니

민혁의 이마에 손을 대었다. 민혁이 은결을 쳐다보며 알 수 없는 미소를 지었다.

"조금 뜨겁긴 하네. 방에 들어가서 쉬어. 죽 끓여줄게."

"어. 은결이랑 눈 마주치지마. 알겠어?"

그러더니 자기 방으로 들어간다.

"허,참... 왜 저런다니. 은결아 민혁이 왜 저래?"

월림이 어이없다는듯 은결에게 물었다. 은결이 온화하게 웃으며 말했다.

"글쎄? 몰라."

"모르긴 뭘 몰라~ 아까 은결이랑 민혁이랑
둘이 얼마나 너를 주제로 쟁.."

"지율아, 조용히 해줄래?"

"상냥남 납셨네. 예,예. 방해꾼은 빠져드리겠슴다."

지율이 비꼬듯이 말하더니 상아와

하민과 다시 놀기 시작했다.

"죽 끓이는거 도와줄까?"

은결이 월림에게 말했다.

"그럴래? 그럼 나야 고맙지."

"그래. 부엌으로 가자."

은결과 월림이 부엌으로 사라지자

지율과 상아와 하민이 토론을

벌이기 시작했다.

"늬들은 월림이가 누구한테 갈꺼 같아?

만원 걸고 내기하자."

지율이 소곤소곤 대는 목소리로 물었다.

"은결이한테 가지 않을까?

매너 좋고 성격 좋고 외모 좋고 인기 좋고. 완벽하잖

아. 강은결한테 간다 만원!"

상아가 의견을 내놓았다.

"아니지. 민혁이한테 간다 만원!"

하민이 말했다.

"나는 월림이가 나에게 올것 같아~"

지율이 웃으며 말했다.

"지율이 너 레즈끼 충만하다?"

하민이 지율을 보며 말했다.

"레즈라니! 아니거든?

난 그저 내 친구 월림이를

사랑하는 마음일뿐이야."

"맞아! 나도 그 마음 알아!"

상아가 지율의 의견을 거들었다.

"그럼 지율이 너 만원 콜?"

하민이 지율에게 물었다.

"콜!!"

"아싸. 오천원은 얻었고."

"벌써 그렇게 단정 짓지마!"

"얼씨구. 니 친구 평생

노처녀로 늙으면 좋겠다?"

"그..그거야.. 내가 성전환

수술을 하면 되잖아!"

"뭐? 절대 안돼! 미쳤냐?

하지마. 하면 너 평생 안본다. 넌 내가 데려가면 되잖

아!"

"싫거든? 난 널 친구 이상으로

생각해본적이 없어!"

"그럼 너 평생 노처녀로 늙을래?"

"그..그건... 걱정마!

어른이 되서 꾸미고 다니면

나한테 남자들이 줄을 설걸!"

"니 이상한 성격에 다 떨어져 나갈걸."

"우씨! 내 성격이 뭐가 이상해?"

"나 학원갈 시간 됐다. 지율아, 하민아~ 나 그만 가볼
께. 다른 애들한테도 안부 전해줘. 간다!"

상아가 시계를 보더니 급박한

말투로 나갔다.

"나랑 데이트 가자."

하민이 예쁘게 씨익 웃더니 말했다.

"친구끼리 무슨 데이트냐!

산책이나 나들이.. 그 정도지."

"어쨌든~"

"알겠어! 월림아~ 나 갈테니까

내일 꼭 우리집에 놀러와!"

"응~"

부엌에서 은결과 죽을 끓이고 있던

월림이 고개를 빼꼼 내밀고선 대답했다.

그 모습에 지율이 싱긋 웃더니

하민과 함께 밖으로 나갔다.

"죽을 잘 끓이는구나."

"잘 끓이는 정도는 아니야. 다 됐다! 민혁이한테 갖다
주러 가자."

"응! 진짜 고마워. 은결아."

"뭘 이런거 가지고..."

은결이 웃으며 얼굴을 약간 붉혔다. 월림이 싱긋 웃었

다. 쟁반에 죽과 숟가락을 받쳐들고

민혁이 있는 방을 향해 발걸음을 내딛었다.

30. 연애란? 그리고 발각?

민혁이 있는 방 안에 들어서자 민혁이

침대 위에 누워 잠에 들어있었다. 은결은 집에 가버렸

고... 기껏 죽을 끓였는데 민혁은 일어나

있지 않다. 월림이 한숨을 내쉬었다. 그러다가 은결과

함께 끓인 전복죽을

숟가락으로 몰래 한 숟깔 떠먹었다.

"맛있다!!"

결국 월림은 죽을 다 먹어버렸다.

"내꺼는?"

민혁이 일어나 부시시한 상태로 월림

에게 말했다.

그러자 월림이 당황하며 얼버무렸다.

"그게... 니가 안 일어 나니까

할 수 없이 내가 다 먹은거야!"

"안 깨운거 아냐?"

"아니야!"

"됐어. 옷갈아입어. 나가게."

"어딜?"

"가보면 알아."

민혁과 월림이 밖에 나갔다. 밖에 나가 민혁과 월림이

간 곳은.. 놀이공원이었다. 봄이 되어 놀이공원이 북적

북적 거렸다.

민혁과 월림은 커플 팔찌도 하고

놀이기구도 타고 맛있는 것도 사먹고

즐거운 시간을 보냈다. 그런데.

"꺄아악! 저기 좀 봐요!"

한 여자의 무척이나 큰 고함소리에

사람들이 여자의 손가락이 가리킨

곳을 쳐다봤다. 청룡열차. 아주 빠른 속도로 달리는

놀이기구 열차길 위에 한 아이가

어찌 올라간건지 공중의 길 위에 서있었다.

"저기 어떻게 올라간거지?"

"지금 그게 문제야? 빨리 놀이기구 멈춰!"

"큰일났습니다! 열차가 안 멈춰요!"

"뭐라고? 저리 비켜봐!

...어? 왜 안되지? 긴급구조대 불러! 얼른!"

아무도 태우지 않은 청룡열차는

공중의 열차길 위에 서있는 한 아이에게로

무작정 빠르게 돌진할 뿐이었다. 그 위에 서있는 아이

의 표정은

알 수가 없었다. 더 이상 볼 수 없겠다 싶었던 월림이

달의 마법을 사용해 그 아이가 있는 길 위에

도착하여 아이를 안아들고

달의 마법으로 지상으로 내려왔다. 사람들의 시선이

놀람으로 바뀌었다.

"다..당신 뭐야!"

"아.. 그냥.. 요즘 과학이 발전이

많이 됐잖아요. 그 과학의 힘으로 인한

일종의 순발력이랄까.. 별거 아니에요."

"엄청난 과학이군. 저 여자를 잡아!"

"그렇게는 안되지."

민혁이 월림 앞을 가로막고 말했다. 월림이 서둘러 놀

이공원의 화장실로 들어갔고

투명인간 마법을 써서 투명하게 만들었다. 그리고 공

간이동 마법을 펼쳐

달로 황급히 돌아갔다.

* 달

"리옌님!"

월림이 서둘러 리옌을 찾기 시작했다. 하지만 요정 실

비아와 여행을 떠난

리옌은 그 어디에도 없었다.

"어찌해야하지.. 어떻게.."

"안녕? 월림아?"

달의 요정 룬이 월림 앞에 나타났다.

"룬!"

"응~ 맞아 나 룬이야!"

"나 방금 지구에 갔다왔는데... 아무래도 내가 마법을 쓰는것을

들킨것 같아. 어떡하지?"

"글쎄.. 뭐? 지구에 갔다왔다고?"

룬이 눈을 놀란듯 크게 뜨며 말했다.

"그런 일이 있어. 어쨌든 어떻게해?"

"달에선 지구에 갔다온게 발각되면

그 날로 끝이야. 입부터 조심해."

"알겠어."

"내 방법은..."

룬이 월림의 귀에 속닥속닥 댔다.

"그렇구나!"

월림이 알겠다는듯 기쁜 표정을 지었다.

"마법의 초콜렛이야. 적절한 타이밍에 먹어."

"알겠어."

월림이 심호흡을 한뒤 순간이동

마법을 펼쳐 주문을 외웠다.

"우주여. 모든 만물을 연결시키는 통로여. 달의 이웃

지구로 나를 이동시켜다오."

월림의 몸이 떠오르더니 순식간에

지구에 도착했다. 민혁의 방 안이었다. 하필 이런 곳으

로... 월림이 다른 곳으로 가려고

발걸음을 옮겼을 때였다. 민혁이 상처가 많아진 몸을 이끌고

침대에 풀썩 앉았다. 월림은 이미 투명인간 마법으로 숨은 뒤였다. 안타깝다...

룬이 생각한 방안은 이런거였다. 마법의 초콜렛 속에 달의 마법을 걸어

먹은 사람과 이어진 달사람의 속성을

지구로 바꾸거나 되돌려놓는다. 그리고 그 순간 초콜렛을 먹은

사람을 빼고 이어진 사람의 기억이 삭제된다. 언젠가 월림도 지구사람으로

돌아올것이다. 월림이 그렇게 결심을 했다.

"신월림. 그 초콜렛 뭐야?"

아뿔싸-_- 투명인간 마법으로 숨었지만

초콜렛은 투명마법이 안통했나 보다. 월림이 투명인간 마법을 손가락을

팅겨내 풀었다.

"이거? 그냥~.."

"나 주려고?"

"아니? 나 먹으려고."

먹을까 말까 먹을까 말까

월림이 고민을 했다. 차라리 이 곳을 빠져나가자.

"나 간다! 민혁아. 나중에 보자. 꼭 다시 만날 수 있을
거야."
월림이 서둘러 민혁의 집 문 밖으로
빠져나와 어디로든 눈에 띄지 않는곳으로
달리기 시작했다. 눈의 띄지 않는곳으로 왔다고
생각하고 고개를 들었다. 윤진이.. 있었다. 혼자 서서
월림을 뚫어져라
쳐다보고 있었다.
"아.. 안녕.."
월림이 어색하게 윤진에게 인사를 건넸다.
"당신이 왜 여기에 있는거죠?"
"그게..."
"저랑 당신은 자리를 바꿨잖아요. 현재의 자리가 마음
에 안드는건가요?"
"그건 아니야! 하지만 그냥..."
윤진이 한숨을 내쉬었다.
"잘됐군요. 마침 저도 이 곳이
슬슬 질리기 시작했거든요."
"그래? 뭔가 아쉽네."
"아쉬울 필요 없어요. 당신과 나는
원래 있던 세계로 원래 있어야 할
자리로 되돌아갈테니까요."
"그게 무슨 소리야?"

윤진이 말없이 웃더니 마법을 걸었다. 모든것이 뒤틀
린듯한 착각이 일어나더니
순식간에 윤진은 달로 가버렸고
월림이 멍하게 서있다가 정신을
차린듯 뜨끔 했다.
"여긴.. 어디지?"

31. 복수
자신의 집으로 힘들게 찾아온
월림은 다음 날도, 그 다음 날도
학교를 가지만 마음이 편치만은 않았다. 하루종일 내
내 붙어있는 민혁과
채화를 보자니 친구를 잃은것만 같았다. 지율이 다가
와서 놀아주긴 하지만... 에잇! 생각하지 말자!
원래 나는 친구가 별로 없었잖아!
공부나 해야지. 상아는 잘 지내고
있으려나. 학교 자퇴하고 검정고시 학원 다니는데.. 꽤
평범하고 그럭저럭 성과가 좋은 하루하루를
살아가던 때였다.
- 띠리링 띠링 딩♪
"여보세요?"
"신월림양 맞습니까?"
"예. 맞는데요.."
"그렇다면 한진그룹 사무실로 와주십시오."

"예? .. 왜요?"

"신훈진 회장님이 부르십니다."

"신훈진.. 이라구요?"

"그럼 이만. 끊겠습니다."

끊긴 전화를 들고 월림은 한동안 어안이
벙벙한채로 있었다. 교복을 트레이닝복으로 갈아입고
공부를 하려고 의자에 앉았을때

뭐 이런 ... 신훈진이라면 우리 아빠 이름이잖아. 아빠
가 이제와서 날 찾는다고?

"월림아! 쿠키 좀 먹으면서 공부하렴."

월림의 엄마가 월림의 방으로 쿠키
접시를 들고오며 말했다.

"엄마.. 아빠가.. 날 찾는대..."

- 쨍그랑!

놀란표정을 지으며 월림의 엄마가
쿠키접시를 깨뜨려버렸다.

"미안..하다. 내가 다 치우마."

"엄마.. 나 가봐도 돼?"

"그럼..!"

"그럼 나 갔다올게."

월림이 옷을 갈아입고 거울을 보며
매무새를 정리하고 밖으로 나갔다. 바닥에 깨뜨려진
접시조각들과

쿠키들을 치우던 월림의 엄마가

침울한 표정을 지으며

나즈막히 혼잣말을 했다..

"불쌍한것... 겉모습이 뭐라고... 알비노면 뭐 어떻다

고... 이제라도 아빠 만나니 좋겠네 그려.."

＊ 한진그룹 사무실

"이 곳입니다."

"감사합니다. 비서님."

"별 말씀을."

문을 두어번 똑똑 두드렸다.

"들어오게."

월림이 쭈뼛거리며 안으로 들어갔다. 오랜만에 만나는

아빠였다.

"딸 왔구나."

아빠가 온화하게 웃으며 쇼파를

가리켰다. 월림이 쇼파에 앉았다.

"다름아니라, 내가 할 말은

너를 후계자로 맞이하면 어떨까 해서 란다."

"후..계자요?"

"그래. 우리 한진그룹과 동맹관계에

있는 신화그룹에 후계자가 있다는걸 알고있니?"

"아니요.. 몰랐는데요."

"널 한진그룹의 후계자로 맞이하고

신화그룹의 후계자와 결혼을 하게 하면 어떨까.. 해서
이 곳으로 오게 한거란다."

"결혼이라뇨!?"

"걱정말거라. 우선 약혼만 하고, 결혼은 성인이 된 후
에 하게 할테니까 말이야."

"싫어요."

"흠.. 그렇다면 네가 원하는
것을 아무거나 다 들어줄테니 말해보거라."

"정말요?"

"그럼. 대신 후계자가 된다는 조건으로!"

월림이 씨익 웃더니 말했다.

"도채화라는 사람이 있거든요?
그 애를 제가 당했던것처럼 짓뭉게주세요."

"그거야 어렵지않지."

"저한테 여자를 다섯명 붙여주시구요, 약간 양아치같은
남자있잖아요. 저랑 같은 또래의 남자들 열명 붙여주
세요."

"알겠다. 그 대신 꼭! 지켜야한다."

"네. 알겠어요. 일시는 내일 토요일이요."

"그만 가도 된다."

"감사해요."

월림이 싱긋 웃고 사무실을 빠져나갔다. 그리고 다음
날.

* 비밀 아지트

우락부락한 여자가 갸날프고 매섭지만

예쁜 여자의 머리칼을 휘어잡은채

아지트 안으로 들어섰다. 그 아지트 안에는 월림과

많은 사람들이 있었다. 도채화가 아지트 바닥에 내동

댕이 쳐졌다.

"시작해."

월림이 입가에 비웃음을 띈채 말하자

많은 여자들이 걸레 빤 물을 담은

양동이를 가져와 채화에게 들이부었다.

그리고 미친듯이 밟고 패기 시작했다. 걸레를 채화에

게 마구잡이로 던지고

음식물 쓰레기를 채화의 머리 위에 들이부었다. 자신

이 당했던 모습이다. 월림이 입술을 꽉 깨물었다. 많은

여자들이 어디론가로 채화를 끌고갔고

곧 나온 채화의 모습은 깨끗했으나 옷이 문제였다. 어

깨와 가슴이 보이고 엉덩이를 간신히 가리는

아슬아슬한 튜브탑의 흰색 원피스가

각선미를 살려주었다. 여자가 채화를 밀자 채화가 땅

바닥으로

쓰러졌고 그 틈으로 남자들이 채화에게 다가갔다. 많

은 남자들이 채화를 탐하기 시작했다. 보기만 해도 더

럽고 치욕스럽다. 월림이 벌떡 일어나 그들에게 다가

갔다.

"내 복수야. 네가 했던 대로 갚아주는거. 좋았어? 당하
는 내 모습 보고 기뻐서 미칠지경이었어?
하지만 어떡해? 전세역전인데."

"미..안해.. 제발..."

"그래 좋아. 늬들, 그만해."

월림의 말에 양아치같은 애들이 아쉽다는
표정을 짓더니 채화를 놓았다. 옷이 찢어져 있었다. 월
림이 채화에게 옷을 내밀었다. 많은 여자들이 채화가
입고있던
속옷을 내밀었다. 내밀었다기보단 내던졌다는 말이 맞
겠지만.

"가자."

월림의 말에 많은 사람들이 월림의
뒤로 따라붙었다. 비밀아지트 밖으로 나간 월림은
민혁을 발견했다.

"안녕. 신월림. 오랜만에 보는거 같네."

민혁이 수척해진 얼굴로 씩 웃었다.

"...안녕못해."

월림이 어두운 얼굴로 민혁 옆을
스윽 지나갔다. 월림 뒤로 많은 사람들이 따라왔다.
이상함을 느낀 민혁이 월림이 나온
곳 안으로 들어갔다. 옷을 다 갈아입은 채화가 엉엉

바닥에 주저앉아 울고 있었다.

"도채화 왜 그래."

"신월림이.. 복수한다고

나한테 나쁜짓했어..."

"거짓말마. 걔 그럴애 아니야."

"진짜야.. 나 상처 생긴거 봐봐."

"거..짓말... 전에 있던 상처 아니야?"

"거짓말 아니야.."

채화가 자신의 팔에 생긴 상처를

가리키며 민혁에게 말했다. 민혁이 어리둥절한 표정을

짓더니 아지트 밖으로 빠져나갔다.

"민혁아! 어디가-!"

채화의 목소리에도 불구하고

밖으로 나온 민혁이 주위를

두리번 거렸다. 익숙한 뒷태가 눈에 보이자

빠르게 달려가 그의 어깨를 잡았다. 역시나 월림이었

다.

"네가.. 그랬어?"

민혁이 믿기지 않는다는 눈빛으로

월림에게 물었다.

"응. 내가 그랬어. 왜?

나는 복수하면 안돼?"

"......."

"얼마나 분했는지 알아?

넌 아마 상상도 못할거야. 그 치욕감을!"

"신월림. 혹시 너.. 아직도 나 좋아해?"

"..어?"

"아직도 나 좋아하냐고."

"몰라.. 그걸 왜 나한테 물어봐. 니 여자친구 도채화한

테 물어봐야지."

"..난.. 아직도 니가 좋다."

"..아...

....뭐래..."

월림이 피식 입가에 조소를 띄더니

차가운 표정을 지었다.

"최민혁. 너 그 버릇 고쳐. 좋아한다는 말 그렇게 쉽게

하는거 아니야."

"싫은데?"

"난 이제 너 안좋아해. 사실 나 결혼할 사람있어."

"누군데."

"만나게 될꺼야."

"그게 나였음 좋겠다."

민혁의 말에 월림이 고개를 들어

민혁을 쳐다봤다. 앞으로 못볼지도 몰라.. 월림이 핸드

폰을 들고 카메라로

민혁을 찰칵 찍었다. 월림의 돌발행동에 민혁이

당황한듯 하더니 후닥닥 도망가는
월림을 잡으려고 뛰기 시작했다.

"야! 거기 서!"

"스면 어쩔껀데?"

월림이 자리에 서서 민혁 쪽을
쳐다봤다. 그러자 민혁이 핸드폰을
들어 카메라로 월림을
찰칵 찍었다.

"뭐야!! 지워!"

"야아~ 안되지! 희귀한 소녀의
사진인데 그렇게 막 지우면 쓰나~"

"지우라고!"

"키 진짜 작다. 뭘 먹었길래
그렇게 키가 안컸을까?"

"화 돋구지 마라."

월림이 민혁의 손에 들려져있는
핸드폰을 뺏으려고 안간힘을 쓰며
까치발을 들었지만 뺏을수가 없었다. 발을 확! 밟았다.

"애걔? 개미가 밟아도 이것보단 낫겠다."

민혁이 가소로운듯 웃었다.

"화 돋구지 말랬지!"

월림이 화난표정으로 발을 엄청나게
세게 막 밟고 민혁을 두 손으로

있는 힘껏 밀었다. 그러자 민혁이 휘청휘청 거리더니

뒤로 넘어지려 했다.

뒤로 넘어지면 뇌진탕 걸릴지도 몰라!

위험을 감지한 월림이 민혁의

팔을 잡아 자신 쪽으로 끌어당겼다.

32. 오글거리는 연애드라마의 기초

그러자 반동으로 인해 오히려

월림이 뒤로 넘어졌다. 그 위로 민혁이 넘어졌다. 민혁

이 두 손을 땅을 짚고

팔을 폈다. 눈을 감고있는 월림의

얼굴이 보였다. 멍... 민혁이 정신이 멍해진채로

월림을 쳐다보고 있는데

월림이 표정을 찌푸리더니

눈을 떴다. 자신의 쳐다보고 있는 민혁의

얼굴이 정면으로 보이자

민혁을 확 밀어버렸다. 그러자 힘없이 밀쳐나갔다.

"변태. 왕변태. 더 이상 너랑은 상종 안할거야."

아니 내가 뭘했다고. 그러나 민혁은 정신이 멍해있어
서

아무런 말도 할 수 없었다. 월림이 사람들을 끌고 차
를

타고 가버렸다. 민혁이 드는 생각은 이거였다. 월림이

와 결혼 하고 싶어. 그 상대가 나여야만 한다.

다른 놈은 추호도 안된다. 보나마나 맛(?)만 보고 떨어

져 나갈게 분명해. 그래 저 성격을 봐라 복수심 가득

한

저 성격에 100% 다 저리 간다니까?

월림이와 같은 집에 단 둘이 살고

월림이가 해주는 음식을 먹고

월림이와 함께 칫솔질을 하고

월림이와 함께 아침을 맞고

월림이의 미소를 하루종일 보고

월림이와 닮은 아기들을 보고

그랬으면 좋겠다. 꿈인가.. 바보인가... 민혁이 피식 웃

었다. 그리고 자리를 털고 일어났다. 월림을 찍은 사진

을 쳐다봤다. 예쁘다...

월림은 집으로 돌아와 침대에

풀썩 자빠져 누웠다.

나와 결혼하게 될 사람은 누구일까.

운명의 짝일까?

에이, 그런게 있을리가 없잖아.

왠지 거짓말 같다.

그냥 평범해졌으면 좋겠다. 잠을 자고 난 뒤에 난

평범한 학생이 되어 평범하게 학교를 다니고

평범한 생활을 하고 달에 한번도 안가본

지구인으로 살고싶다.

그리고 난 잠에 빠져들었다.

33. 소원을 들어주는 요정

"월림아! 일어나! 학교 가야지!"

누군가 날 깨우는 목소리가 들리고

난 얼굴을 찌푸리며 베게로 얼굴을 가렸다.

"지금 밤인데.. 으음..."

"그게 무슨 소리야! 지금 아침이잖니. 보렴!"

커튼을 치는 소리가 들리고 베게로 다 못 가린

틈새로 햇빛이 새어들어왔다.

그제서야 난 비몽사몽한 상태로 일어나

화장실 안에 들어가 거울을 쳐다봤다.

!?

그런데. 평소와 다른 얼굴이었다.

검정색 머리카락. 검정색 눈썹. 검정색 속눈썹. 황인종

피부. 검정색 눈동자.

나... 지금 이 모습... 맞지? 거짓말 아니지?

알비노가 아니야. 평범한 한국인이야.. 내가.. 내가...

"우와!!!"

"누나, 왜 그래?"

월하가 밥을 먹다가

큰 소리로 내게 물었다.

"아.. 아니야! 아무것도."

서둘러 씻고 밥을 먹고 교복을 입고

모든 준비를 하고나서 밖으로 나와

학교로 갔다.

* 학교

이게 얼마만에 학교일까. 혹시 윤진이가 내 자리를 빼

앗고

있는게 아닐까?

그러나 다행히 내 자리는 비워져

있었다. 아이들이 하나둘씩 학교에 오고

내 옆과 뒤는 은결이와 민혁이 대신

착해보이는 여자아이가 앉았다. 수업이 끝나고 쉬는시

간에도

내가 잘 모르는 여자아이가 내게 찾아와

웃으며 조잘조잘 수다를 떨었고

함께 화장실도 가고 함께 다녔다. 이름이 은진이란다.

신윤진하고 비슷하네..

"근데 너 혹시, 최민혁이 몇반인지 알아?"

"최민혁? 그거 남자 이름 아냐?

우리 학교 여고잖아."

"어?.. 아.. 맞다. 까먹었다. 미안."

"넌 참, 그런걸 까먹으면 어떡해."

이게 대체 어떻게 된 일이지.

뭔가가 안에서 걸린듯한 느낌이다.

야간자율학습이 끝나고, 은진이와

나는 각자 집으로 가기위해 헤어졌다.

터벅터벅 앞을 보며 멍하니 걷고 있는데, 뭔가 낯익은
실루엣이 눈에 띄었다. 무언가를 기다리는듯한...

조금 가까이 가게되어 쳐다봤는데

그건 놀랍게도 최민혁이었다. 인사를 할까 말까.

"민혁아!"

도채화가 헐레벌떡 뛰어오더니

민혁이 앞에 섰고 둘은 웃더니 어디론가 가버렸다.

나는 뭔가 놓치면 안되겠다는 느낌이 들어서

힘차게 뛰어 그들 앞에 막고 섰다.

"저기.. 미안한데, 신월림 이라고 알아?"

"아니, 모르는데."

"나도? 모르겠는데?"

"아.. 그래. 미안해."

나는 항상 잊혀지는 구나. 처음 달에 갈때도 그랬는데.

"잠깐만."

걸어가려는 나를 민혁이가 잡아세웠다.

"많이 낯익은데. 연락하고 지내자. 폰번호 뭐야?"

"야~ 최민혁!"

"난 폰이 없어서. 미안."

어물쩡하게 웃어 넘기고는 서둘러 뛰었다. 나는 달사
람도 아니고 지구사람도 아닌가보다.

모습은 변했지만..

마음은 예전과 같으니까.

예전에는 고민이 외모와 친구관계, 성격 이런거였는데
지금은 고민이 성적으로 바뀌었다. 어쩔 수 없는거겠
지.

시간은 **빠르게** 흘러

수능시험을 보고

취직을 하기 위해 전선에 뛰어들었다.

하지만 번번히 떨어지고, 나이는 스물한살이 되었다.

난 대체 무엇을 해야할까.

이랬다 저랬다 하는 내 삶이

모두 부질없다고 느껴진다.

어느 날 거리를 걷는데 사람들이

한쪽에 모여있는것을 보았다. 뭐지?

궁금한 마음에 가서 쳐다보았다.

그것은 마술이었다.

달에 가서 마법을 배웠던 기억이

새록새록 떠올랐다.

이제 그만 장보러나 가야겠다.

걸음을 돌려세우는데,

"어이 거기! 아가씨!"

나는 아니겠지. 트럼프 카드 한 장이 정확히

내게로 날아와 내 팔에 맞고 떨어졌다.

...?

그제서야 나는 걸음을 멈추고

카드가 날아온 곳을 쳐다봤다.

왠지... 리옌님을 많이 닮은 것 같아.

"마술, 배우지 않을래요?"

마술을 보려고 몰려있던 사람들이

어디로 간건지 없었다. 오직 이 공간속에 마술사와

나만 있는듯한 기분이 들었다. 전엔 마법이었는데, 이

번엔 마술...

그 날 이후로 나는 마술을 배우러

그 마술사 님을 종종 찾아갔다. 여자 마술사님은 리옌

님과 정말 비슷했다.

어느새 나에게는 마술사라는 칭호가

붙여져 있었고,

돈도 벌 수 있었다.

34. 完 정해져있지 않은 결말

나는 선을 본 남자와 결혼을 하고, 두 아이의 엄마가

되었다.

모든 것은 잊혀져 있었다.

날 잊었던 사람들처럼.

"엄마! 이것 봐! 예쁜 사람이 있어."

유치원을 마치고 돌아온 첫째딸 예린이가

고등학교 앨범을 들고 다가와 말했다.

"어디?"

"이 사람 말야. 그리고 그 옆에
있는 오빠도 멋있다."
금발의 눈부신 흰 피부를 가진 소녀와
멋들어진 눈웃음을 지닌 소년이
미소를 짓고 있었다.
"엄마인것 같아."
"예쁜 사람 말이야?"
"응. 그리고 그 옆에 있는 오빠는... 누구일까? 우리
아빠는 아닌데."
"지금 달에 있을거야."
"달나라?"
"응. 근데... 영원히 돌아올 수 없어. 거기서 마법을 못
쓰면, 지구로 못돌아오거든."
"마법 못써?"
"응. 바보라서."
"죽은거야?"
"아니. 그냥... 이젠
인연이 없어서 만날 수가 없다는 얘기야."
달무지개라고 알아?
밤에만 뜨는 무지개인데
정말정말 흔하지 않아서
운이 좋은 사람 아니면 볼 수가 없어.
나에게 달무지개가 되버린 최민혁.

안녕. 어디선가 행복하길 바랄게.

- THE END -

——————————— 〃★〃 ———————————

ㅠㅠ sad엔딩이죠?

뭔가 되게 어물쩡하네요

내용이 뭐 이래 ㅋㅋㅋㅋㅋㅋ

사실 중간에 그만둘까 생각했던건데

그냥 다 쓰고 완결지었어요. 친했던 사람인데 어느순간 되게

멀어질때가 있죠?? ㅠㅠㅠ

그런 엔딩인것 같네요... 용량도 많지 않고.. 내용도 이상하고....ㅋㅋㅋㅋ

제 첫 완결작보다 못한..가요... 그런것 같기도 하네요 ㅠㅠ

몇주동안 쓰다가 말고 숨김메모장으로

바꿔놓았다가 이제 막 다 쓰고 완결짓네요. 삭제할까 생각하기도 했는데

많이 쓴것 같아서 삭제도 못하겠고

어쨌든 제 두번째 완결작이네용!!!

이제 전 공부나 하러 갑니다=3=

근데 요즘 왜이렇게 윈드슬레이어s가 재밌는건지..

-_-;;;; ...ㅋㅋㅋ 어제부터... 여러분 중학생1학년이신 여러분

공부 열심히 하세요. 안그러면 저처럼 후회해요. 이런
거 읽지 말라는 소리는 안할게요. 읽지 않으면 안돼요
-3- 읽어봐여
읽지마세요 그냥 정신건강에 해로울지도
안돼요 얼마나 힘들게 쓴건디
어쨌든 이딴거 써서 미안하구요
잘생긴,예쁜 사람 사진보고
안구정화하셨으면 좋겠네요^ㅇ^ 그럼 안녕!
나중에 세번째작으로 찾아뵐게요.!!!
아마도 ㅋ 아닐걸요 근데 ㅋ
이거 34화까지 쓴건데 한편도 안올렸네요
ㅋㅋㅋㅋㅋㅋㅋㅋ어떻게 해야할지...ㅋㅋㅋㅋ
뿅!
2013.1.23 ~ 2013.4.21
完
뒤늦은 번외. <안녕 나야 못알아보겠니>
부제 : 소원을 이루어주는 요정은
최민혁의 소원도 이루어주었다.
판타지가 가미된 달의 아이를
현실적 감각으로 새롭게 바꾼 번외입니다.
(내용 다 까먹어서 이상할 수 있으니 주의)
오전 7시가 갓 넘은 시각, 학교.
"신월림한테서 냄새나는것 같지 않아?"

"그니까. 걔한테 물어봤는데 샤워를
세달에 한번하고 머리깜는걸 일주일에 한번하고
세수를 삼일에 한번 한대."
"정말? 어쩐지. 이상한 냄새가 난다 했다. 이빨은 언제
닦는데?"
"사일에 한번 닦는데. 어쩐지 입냄새 장난아니더라."
- 드르륵
뒷문을 여는 소리가 들리고 꾀죄죄한
모습의 월림이 하얀 비듬이 잔뜩낀
검정색 머리와 개기름이 낀 황색의
얼굴을 들고 나타났다.
그러자 이야기를 나누던 여자아이들이 경악하는
표정을 지으며 후다닥 교실 밖으로 나갔다. 직접적으
로 월림을 괴롭히지는 않았지만
혹시나 월림과 부딪히면 더럽다는듯 부딪힌
부분을 손으로 묻히고 다른 아이 옷에
손바닥을 스윽 문질렀다. 그러면 그 아이는 또 더럽다
는듯 인상을 찌푸리며
옷을 탁탁 손바닥으로 털고 털은 손바닥을 갖다가
다른 아이 책상에 문지른다. 그러면 그 아이는 책상을
더럽다는듯 다른
아이 필통 갖다가 묻은 부분을 닦고 돌려준다.
또 그 필통을 가진 아이는 인상을 찌푸리고

보복을 하려고 월림의 옷에 필통을 비비고
나서 자신의 필통을 가져다 책상을 닦은
아이의 옷에 묻히고 책상에도 묻힌다. 이러한 쉬는시
간이 지나고
점심시간이 되었다.
월림은 급식을 받고나서 아이들이
앉아있는 곳에 가서 앉는다.
그러자 옆에 앉아있던 아이가
싫은 표정을 지으며
"저리 가! 밥맛 떨어져."
하지만 월림은 계속 그 자리에
앉아 묵묵히 밥을 먹고 결국 먹고
있던 아이들이 한꺼번에 일어나
다른 의자로 이동한다.
슬픈 인생이다...
이러한 이미지는 월림이 깨끗이
씻고 다녀도 지워지지 않았다.
이를 불쌍히 여긴 민혁이 함께 놀아주었다. 그리고 점
점 좋은 관계가 되고, 어른이 되자 각자 다른 곳에서
살게된다. 어디인지도 아무도 모르게 월림은
갑자기 떠나버렸고 결국
만날 수가 없게 되었다.
가까스로 얻은 직장에서 월림은 선을

보지 않겠냐는 제의를 받고

월림은 선을 보게 된다.

얼굴은 뭐 그럭저럭, 학벌 괜찮고, 돈 꽤 잘벌고,

성격도 이만하면 굿.

둘은 결혼을 하였다.

그런데 누가 알았겠는가. 월림의 남편이 분장 마스크를 쓴 민혁이었다는걸. 시간이 지나고 난 뒤에도 쭈욱 숨겼다.

어느 날. 분장 마스크 쓰는 것을 깜빡한 민혁이

하품을 하며 부엌에 들어섰다.

월림은 깜짝 놀라며 놀란 표정을 지었다.

"미..민혁이?"

"아..이건...그... 서프라이즈!"

"날 잘도 속였겠다!"

"마..마누라 이건 몰래 카메라

안녕 나야 못알아보겠니 편이야."

"내가 티비에 나오고 있는거라고?"

"응."

"아.. 안녕하세요. 여러분. 저 정말 몰랐어요. 참 잘 속이죠?

죽빵을 먹여야 겠는데. 어쩔 수 없네요. 제가 참기로 하죠. 근데 너 왜 분장 마스크 쓰고 나타난거야?"

"깜짝 놀래켜주려고. 오늘 놀래켜주려고 한건 아닌데

미안하다."

"덕분에 결말이 순 뻥이 됐잖아!
근데 어쩌면 괜찮을 수도 있겠다. 이 번외는
뒤늦은 번외라 안읽고 지나치는
분들이 많을테니까."

"너 혹시 그러는거 아냐?"

"어. 어떻게 알았지? 난 원래 인터넷 소설
읽을때 번외 빼놓고 읽거든. 귀찮아서."

"그러면 안되지!"

"아, 알았어. 어쨌든 이제 정말
안녕이네? 지구에서 달로, 달에서 지구로
이동하는 일도 없고?"

"현실적으로 그게 가능한 이야기냐?"

"물론 불가능하지만, 작가가 병맛이라서."

"에휴... 어쨌든 이제 정말 안녕이니까
함께 안녕하자. 예린아! 예람아!"

조그마한 두 여자아이가 방 안에서
쪼르르 나오고 곧 다함께 서더니 웃는표정을 짓는다.

"언제나 행복하시고 복 가득하시길 바래요!
이제 정말 안녕!"

신월림

최민혁

도채화

강은결

한상아

김지율

박하민

신월하

신윤진

이은진

최예린

최예람

리옌

실비아

룬

메텔리우스

모두모두 Bye Bye.